中国书籍文学馆·小说林

大玩家

杨海林

著

中国书籍出版社
China Book Press

图书在版编目（CIP）数据

大玩家 / 杨海林著 . — 北京：中国书籍出版社，2014.3
（中国书籍文学馆·小说林）
ISBN 978-7-5068-3966-2

Ⅰ . ①大… Ⅱ . ①杨… Ⅲ . ①小小说—小说集—中国—当代 Ⅳ . ① I247.8

中国版本图书馆 CIP 数据核字（2013）第 305222 号

大玩家

杨海林　著

图书策划	武　斌　崔付建
责任编辑	成晓春
责任印制	孙马飞　马　芝
出版发行	中国书籍出版社
地　　址	北京市丰台区三路居路 97 号（邮编：100073）
电　　话	（010）52257143（总编室）（010）52257140（发行部）
电子邮箱	chinabp@vip.sina.com
经　　销	全国新华书店
印　　刷	北京中华儿女印刷厂
开　　本	650 毫米 ×940 毫米　1/16
字　　数	230 千字
印　　张	19.25
版　　次	2015 年 1 月第 1 版　2019 年 4 月第 2 次印刷
书　　号	ISBN 978-7-5068-3966-2
定　　价	56.00 元

版权所有　翻印必究

序

李敬泽

"中国书籍文学馆",这听上去像一个场所,在我的想象中,这个场所向所有爱书、爱文学的人开放,不管是白天还是夜晚,人们都可以在这里无所顾忌地读书——"文革"时有一论断叫做"读书无用论",说的是,上学读书皆于人生无益,有那工夫不如做工种地闹革命,这当然是坑死人的谬论。但说到读文学书,我也是主张"读书无用"的,读一本小说、一本诗,肯定是无法经世致用,若先存了一个要有用的心思,那不如不读,免得耽误了自己工夫,还把人家好好的小说、诗给读歪了。怀无用之心,方能读出文学之真趣,文学并不应许任何可以落实的利益,它所能予人的,不过是此心的宽敞、丰富。

实则,"中国书籍文学馆"并非一个场所,它是一套中国当代文学、当代小说的大型丛书。按照规划,这套丛书将主要收录当代名家和一批不那么著名,但颇具实力的作家的长篇小说、中短篇小说集和散文集等。"中国书籍文学馆"收入这批名家和实力作家的作品，就好比一座厅堂架起四梁八柱，这套丛书因此有了规模气象。

现在要说的是"中国书籍文学馆"这批实力派作家，这些人我大多熟悉，有的还是多年朋友。从前他们是各不相干的人，现在，"中国书籍文学馆"把他们放在一起，看到这个名单我忽然觉得，放在一起是有道理的，而且这道理中也显出了编者的眼光和见识。

当代文学，特别是纯文学的传播生态，大抵集中在两端：一端是赫赫有名的名家，十几人而已；另一端则是"新锐"青年。评论界和媒体对这两端都有热情，很舍得言辞和篇幅。而两端之间就颇为寂寞，一批作家不青年了，离庞然大物也还有距离，他们写了很多年，还在继续写下去，处在最难将息的文学中年，他们未能充分地进入公众视野。

但此中确有高手。如果一个作家在青年时期未能引起注意，那么原因大抵有这么几条：

一、他确实没有才华。

二、他的才华需要较长时间凝聚成形，他真正重要的作品尚待写出。

三、他的才华还没有被充分领会。

四、他的运气不佳，或者，由于种种原因，他的写作生涯不够专注不够持续，以至于我们未能看见他、记住他。

也许还能列出几条，仅就这几条而言，除了第一条令人无话可说之外，其他三条都使我们有足够的理由对这些作家深怀期待。实际上，中国当代文学的丰富性、可能性和创造契机，相当程度上就沉着地蕴藏在这些作家的笔下。

这里的每一位作者都是值得关注、值得期待的。"中国书籍文学馆"收录展示这样一批作家，正体现了这套丛书的特色——它可能真的构成一个场所,在这个场所中,我们不仅鉴赏当代文学中那些最为引人注目的成果,而且,我们还怀着发现的惊喜,去寻访当代文学中那相对安静的区域,那里或许是曲径幽处,或许是别有洞天,或许是,众里寻他千百度,蓦然回首,那人却在,灯火阑珊处……

目 录

第一辑·大玩家

百雀图 / 003
杨海林 / 006
大玩家 / 009
鲫 鱼 / 013
剑 气 / 017
魂 轿 / 021
淡 痕 / 025
打屁股 / 029
三王墓 / 033
怎样求得安乐死 / 037

第二辑·徐鬼嘴

冷 寒 / 043
吴柳格 / 046
杨 介 / 049
小谭先生 / 053
徐鬼嘴 / 056
买 春 / 059

第三辑·仪式的完成

065 / 处女茶
069 / 底　气
073 / 假　画
076 / 尊　严
080 / 等　待
083 / 鉴　宝
087 / 仪式的完成
092 / 自己的生活
095 / 谈得来
098 / 熟　人
102 / 小小鸟儿
105 / 迷　失

第四辑·白蟒听经

111 / 塑　匠
114 / 白蟒听经
118 / 剑　道
121 / 红　菱
125 / 耍龙灯
129 / 沈　讨
133 / 袁　二
136 / 雅　玩
139 / 道
143 / 一声长叹

琴　砖 / 147
雕　佛 / 151
厨　子（淮扬菜系列之一）/ 155
妓家菜馆（淮扬菜系列之二）/ 159
秦家兄弟（淮扬菜系列之三）/ 162
朱大可（淮扬菜系列之四）/ 166

第五辑・鬼　脸

焗油的牛 / 171
鬼　脸 / 175
保卫我们的老公 / 178
睡　具 / 182
替　身 / 185
女　狐 / 188

第六辑・陈花船

百鹊翎 / 193
卖冰棒 / 196
白　鹅 / 200
放　水 / 203
卖凉粉 / 206
吃　肉 / 209
裸　体 / 214

217 / 赫尔墨斯，我的老师
220 / 梅苦寒
224 / 杜守拙
228 / 大老板
232 / 考　级
236 / 杀人游戏
240 / 让杨海林当村长吧
244 / 陈花船
247 / 一种婚姻生活

第七辑·送你一束花

253 / 送你一束花
256 / 讨　药
260 / 策划一次捐助
263 / 柳　元
268 / 咱爸咱妈
272 / 朋　友
275 / 癞　雕
278 / 过　去
281 / 一个老人
284 / 推　理
287 / 做　梦
291 / 鱼　拓

第一辑·大玩家

百雀图

写小说是件很好玩的事。

比如我现在说"清朝道光年间",你就知道了,我要说的是清朝道光年间的事。

比如我现在说"沈百雀",你就知道了,我要写的是一个淮安画家。

其实这都是没有根据的事,你当真了,我居然也当真了。

为了达到让你眼睛一亮的目的,我必须写沈百雀的画如何了得了。

如何了得呢?

他喜欢画麻雀,好了,我就说他画了一张《百雀图》。

是给一个附庸风雅的米店老板画的。

米店老板伸过头来瞧,他也不知画得好不好。

就转过头去揣度别人的表情。

因为是要给沈百雀润笔的,本着不断人财路的目的,别人自然不能说不好,更何况,人家沈百雀画得确实好呢。

就都竖起大拇指:高,实在是高!

米店老板开心地捋起稀稀的几根胡须:看来这十两银钿没有白扔。

粘到墙壁上吧。

第二天起来盘点粮仓,白花花的大米竟少了许多。

怪事,门窗好好地锁着呢。

当晚，这个米店老板睡不踏实，又悄悄地潜回来查看。

一开门，满屋的麻雀惊惶得直扑他的脸，最后，"呼"地一声飞回画里去了。

败兴的东西，哪里是个好画儿呀？

米店老板一伸手撕了那画儿。

第二天才想起来后悔：要是把这画剥下来卖，可能远远不止被糟蹋的那点米钱呢。

再有人请沈百雀作画，沈百雀开始端架子了。

给足了银子，才勉勉强强地拿起笔。

还画麻雀。

掂量一下手里的银子，又在空白处画了一个打弹弓的小孩。

第二天，那画上竟什么也没有了。

麻雀呢？

被小孩的弹弓吓飞了。

小孩呢？

没了麻雀他还待在这里干什么？

反正请得起他画画儿的都是有钱人，听了这样的解释，笑一笑，也就算了。

有了这样的求画经历，作为谈资讲起来，不是也很有面子嘛？

那个时候的淮安，是盐商的天下。

银子没处用的人，多得很呢。

好事者捧了银子来，指望能得到个类似的遭遇，哪知沈百雀竟不画了。

一心一意地准备科举考试来了。

原来八股文是做不通的，现在，还做不通。

但是境遇和以前不一样了。

按现在的话说，人家秀了一把自己的画技，成了名人，利用名人的效应，考中个科举，那还不是小菜一碟？

主考官也是他的粉丝，虽然八股文做不通，可是你瞧，人家果然轻松地考过去了。

还做了官呢。

一班人整天围着他，请他作画。

画《百雀图》。

其实每次他都只画足99只。

第100只的位置，他钤上自己的一方印。

印上，刻的是他自己的人像。

没人跟他计较，得着画儿的人，还特意准备了精米给那些麻雀吃。

他看见那些香喷喷的米，就说，我也是这些雀儿中的一个呀。

都是在世面上混的人，话里的意思，还能不懂？

给他银子。

请他办画画之外的事情。

有些事，他办了。

有些事，他没办。

看来这个人嫩了点，没揣摩透官场的潜规则。

是要吃亏的哟。

在他的所任的官署里，竟让两个蒙面人打残了。

他身边的许多人，竟装没看见。

一年后，骑一匹羸驴，沈百雀悄悄地离开了官署。

还是被人认出来了。

他就叹一口气，好像，我没做对不起百姓的事呀。

我无非是要了点儿润笔罢了。

那么，你画画所得的润笔呢？

我一点也没舍得用，都在褡裢里装着呢。

他啜嚅着。

唉，那么多的润笔，你竟然分文未动。

你可能不是一个好官，但肯定也不是一个坏官。

贪官因挥霍而记不得自己的银子，好官因清廉而记不得自己的银子。

在官场上摸爬滚打，能做到你这样，也是不容易的了。

请给我画一幅《百雀图》留作纪念吧。

沈百雀提起笔想了半天，说：算了吧，那都是有钱人玩的玩意，芸芸众生如你我，何必呢？

呼——，他们的身后，有麻雀飞起的声音。

杨海林

这个杨海林可真是个实力派，没有一点社会背景。

虽然不喜欢八股，可是考起试来，人家照样得头名。

后来，做了我们清江浦的县令。

仕途的一帆风顺，让他相信一切是那么美好：皇帝是圣明的，大臣是和谐的，百姓是安居乐业的。

后来遇到一个不大不小的案子。

想想也可以理解，再美好的社会，也会有不美好的事情发生。

就像一件艳丽的袍子，总会有绽线或不起眼的破洞。

作为一个县官，杨海林觉得他的任务当然是补好这些绽线或破洞。

一个同僚备了礼来看他了。

知道他在审一个案子，同僚对他说，咱们都吃着皇上的俸禄，可得为皇上办好事情呀。

杨海林说知道知道，你说这话我就放心了。

莫非你知道做这案子的人是我一个亲戚？

我知道，但是我现在不用担心了。

谢谢，我也不用担心了。

杨海林不知道官场是要好好揣摩的。

他公正地处理了那个案子。

同僚听说了，请了他一回客，感谢他不徇私情。

可是没多久，他竟被朝廷革了职。

这事你不要不信，《周信芳传》这本书正摊在我的电脑旁，上面可是清清楚楚地写着呢。

杨海林不明白自己为何被革职，他还想为朝廷效点力，于是，他来找那个同僚——现在你明白了吧，人家有亲戚负责这方面的事。

其实那个案子也没什么大不了的，关键是人家去跟他打过招呼，而杨海林没有给人家面子。

官场上，面子是很重要的哦。

这个杨海林，到现在才回过味来。

我是太单纯了呀，单纯得就像一碗水。

我说过这个杨海林是有点本事的，现在，他一旦明白了怎么回事之后，也就不抱怨什么了。

他抬腿进了戏班子,唱起了戏。

那时候的戏,唱、念、做、表都是经过一代一代推敲过后才定下来的。

稍微有点更改,那都要被人笑话为"荒腔走板"。

杨海林不怕荒腔走板,有时他还有意这么做。

一本正经地唱戏时,故意插进去一些插科打诨的东西。

可能是想发泄一下这个世界对自己的不公吧。

这个世界,也有跟他有类似境遇的人,呵呵,这个杨海林,粉丝一大把呀。

西太后过寿的时候,京剧史上有一个有名的"徽班进京"活动。

就是给西太后唱戏去的。

杨海林,也跟着三庆班去了。

他平时专门唱老生,演的是帝王将相。

给太后演剧,扮的是个七品县令。

太后很喜欢,封了红包,还跟他说了会儿话。

就知道他曾经做过官。

那好吧,还让你做个官吧。

在戏台上演,不过瘾。

官复原职。

又审了一个案子。

这一回,太后给他发话了。

太后可不给他来官场上的潜规则。

人家直接向他保人。

杨海林接到太后的懿旨,并没有打开,恭恭敬敬地搁在香案上。

暗地里,吩咐手下要了犯案那个人的命。

焚过香，这才从容地打开太后的信。

可是已经结束了。

修书一封，向太后请罪。

自己离开了官衙，又唱戏了。

太后听说了这事，也没治他的罪。

后来又进了一次宫，还是给太后唱戏。

太后想起了这事，对他说你好像也不单纯嘛，哪里像一碗清水。

我现在还是一碗清水，但是是浑水沉淀过后的。

哦。

现在我还想做官。

别呀，你这样的人做官，会让我不安的。

太可怕了。

太后说完，挥挥手，让他下去了。

大玩家

我喜欢写以淮安为背景或者以淮安人为主人公的小说。

虽然是虚构的，但写着写着，我就会把它当作真实的事。

有些写地方文史的人，也喜欢从我的小说中搜罗材料。

哈哈，搞笑吧。

这不能怪我，要怪就怪他们学艺不精，或者怪他们对待自己的文章没有审慎的态度。

我今天要写的这个人叫阮元，清代大学问家、大收藏鉴赏家，扬州人。

比之现在，至少是坐在《华宇之门》主席台上的一类人物。

著有一本《积古斋钟鼎彝器款识》。

家中的古董以三代鼎彝尊为多，请客吃饭都用这些古物盛食物。

肯定是出于显摆的心理了——那些青铜的玩意，看着并不见得比瓷碗瓷盏能引人食欲。

也许是出于"仇富"的心理，就有人作贱他，编排出许多笑话。

说他有一次拿了个青铜鼎盛汤，刚端上桌，那个鼎抗不住热，开始软了、瘫了。

怎么回事？阮元伸着个葫芦样的秃脑袋来瞧。

手一掰，鼎耳掉下来一个。

里面，好像是面粉做的。

尝一尝，竟然真是碾下来的白面。

用鼎耳蘸里面的鱼汤，竟然味美得很。

于是他用这样的方式，将鼎和鼎里的鱼汤吃得干干净净。

这是古玩行里很著名的笑话，但我觉得这个阮元作为一个大收藏鉴赏家，通过这件事表现了他可爱的一面。

他给我们淮安的一个阮姓大学问家（阮学浩）的勺湖草堂做过文章，说他的祖上叫小淮子，就是从淮安迁到扬州的。

论起来，他也是淮安人。

还来说他的收藏吧，现在，很多人喜欢谈这方面的事。

阮元有个学生，一次在街上买了块烧饼。

咦，他发现烧饼做得不好，有的地方烤糊了。

也不是什么大不了的事，用指甲刮掉那层糊，一样可以吃的。

可是阮元的学生托着那块烧饼，竟然想捉弄他的老师了。

用一张宣纸，将那些糊印拓了下来。

不敢亲自去，便给阮元写了一封信，说老师呀，这是我从一个古鼎上拓下来的，请您给断个代，要是值得收藏，我就下手买了。

阮元坐在书房里研究了半天，认定是个老东西。

为了增加可信度，他还邀请了一些专家。

专家们认为和《宣和图谱》上某个鼎的铭纹近似。

可是又不完全一样。

阮元就笑，说，近似是对的，不完全一样也是对的。

你想想，从古到今，哪有一样的铭纹？

——近似，说明是那个时代的风格。

上面的文字或因年久铭文剥蚀，或因拓工不精导致漫漶，这都是可能的。

错不了。

亲自找到那学生，让他赶紧下手。

可是阮元的学生早已吃了那烧饼呀。

过几天，那学生只好将玩笑进行到说底，说老师呀，那个鼎，人家卖啦。

卖给别人啦。

哦。

能不能跟买鼎的人说说，咱再高价把它买回来？

那个人走啦，不在扬州啦。

能找到他吗？

找不到。

哦。

那可是个好玩意。

没到我的手,可惜啦。

阮元叹口气,回家了。

他的书房名叫"金石录十卷人家",好了,他待在那里不出来了。

考证学生给他的那枚拓片。

老先生一大把年纪了,这样地玩命,他的学生觉得玩笑开得有点大了。

他来到阮元面前扑通一声跪下来:"老师,那个铭纹,您别考证啦。"

"哦,为什么呀,我翻了那么多书,正感兴趣呢。"

"那铭纹,是烧饼上的。"

"也许做烧饼的案板上有这个鼎的残片,是残片上的图案印上去的。"

"不是,那个案板上没有残片。"

"有没有跟我没关系,我要通过我的知识考证出来。

你,走吧。"

那学生不走。

"你走吧。"

那学生还不肯走。

"老师,为了这个拓片您熬了这么久,会累坏身体的呀。"

阮元叹口气,背着个手,摇着葫芦样的秃脑袋。

"如果就此放手,我不安心呀——我怕冥冥之中真有这么个鼎。"

阮元花了半年时间考证出那个铭纹真的是假的。

身体累出病来了。

临死的时候,他的那个学生跪在床头不肯起来。

"是我害了你呀。"

那个学生说。

"没有,我还要感谢你呢。

你没让我老死,你让我在做我喜欢的事情上死,我高兴呀。"

阮元说完舒了一口气,死了。

鲥　鱼

鲥鱼被苏东坡称为"惜鳞鱼",渔人在水中只要摸到它的鳞,呵呵,它就不动弹了。

老老实实地做了俘虏。

——怕人弄坏它的鳞片,索性连性命也不要了。

和黄河里的鲤鱼、太湖里的银鱼、松花江里的鲈鱼,并称四大名鱼。

它生长在长江里。

在明朝的时候,长江边的地方官品尝到了鲥鱼,觉得是道美味,命人骑了快马,送给南京城里的皇帝。

到了清朝,住在北京城里的皇帝也念着这一口美食。

着长江边的地方官进贡。

我刚才说这鱼惜鳞,是因为它皮薄肉嫩,手指稍一用力就会要了它的命。

稍一出水,也是个死。

北京又不比南京，路途太远啦。

送到北京的时候，往往已经臭不堪闻了。

那时的鲥鱼，长江边的厨师最流行的做法是取出内脏，连鳞都不刮，配了作料在笼屉里蒸。

一蒸，就只余一副骨架，肉和鳞，都化在汤里了。

吃鲥鱼，最高明的吃法就是喝汤。

御膳房的大厨哪敢这么做呀——那鱼都臭了，上锅一蒸，臭味更浓郁，皇帝，不要了他们的命？

这些厨师，什么样的场面没见过？

什么样的心思琢磨不出来？

他们用面粉吃干鲥鱼腐烂后流出的液体。

入油锅一炸即起。

然后呢，加上极浓极香的大料，猛煮狂炖。

这样能逼出鲥鱼身体里的一部分腥臭，可不会很彻底。

那鲥鱼还是很臭，但是却又吃进了一些大料的香味。

香臭结合，成了怪味。

捧上皇帝的餐桌，皇帝一尝，皱了皱眉。

对旁边伺候他的厨师说：鲥鱼，就是这个味？

厨师跪了下来：禀皇上，这是正宗的鲥鱼，臣只是改进了一些烹饪的方法而已。

哦，皇帝又尝了尝。

高，实在是高。

鲥鱼这个味，很有个性。

皇帝竖起了大拇指。

旁边的人都知道长江边有句谚语：鲥鱼出水狗不闻。

意思是说鲥鱼出水即死,一死,就臭了,给狗,都不吃。

大臣们当中有那么几位早就吃过了。

是去长江边的地方公干时喝的鱼汤。

汤稠味鲜,一碗喝下去,舌头能黏在口腔里动弹不了。

吃了几回臭鲥鱼,皇帝觉得实在是道美味。

这是个待下属很好的皇帝,你看,他觉得一个人吃有点不过意了。

分赐给平时替他出力比较多的近臣了。

这些近臣中,我刚才说过他们是吃过鲥鱼的,皇上吃的鲥鱼,根本就不值得一提嘛。

内中有一个大臣,叫杨海林。

得到皇上所赐的鲥鱼最多。

他吃过的鲜鲥鱼也最多。

这不是要他的命嘛,怎么吃得下去?

后来,他想了个办法。

召集家中的所有人,分食皇帝赐的鲥鱼。

皇帝知道了,有点生气:哦,是不是我的鲥鱼不对你的口味,我给你你不吃,明摆着是看不起我嘛。

我哪敢呀!

杨海林扑通跪了下来:我分给家人吃,是让他们都能得到皇上的恩泽呀。

哦,你说得好像有道理。

朕再多分你点儿。

天天吃臭鲥鱼,杨海林都吃出病来了。

找个理由,又去长江边公干了。

长江边的这个地方官是杨海林的朋友。

他命手下的厨子做了几大碗鲥鱼汤。

喝吧，可着劲儿喝吧。

杨海林面露喜色，搓搓手，捧起一碗一饮而尽。

咂咂嘴，眉头皱了皱。

又捧起一碗。

刚喝了一口，他把嘴里很鲜的鲥鱼汤吐了出来。

鲥鱼，怎么会是这个味？

那个地方官很好奇，他也捧起碗喝了一口。

汤稠味鲜，舌头黏在口腔里动弹不了。

没错呀，鲥鱼，就是这个味。

不对不对。

杨海林拂了袖子准备回去。

轿子经过鱼市，他看见了几条被人扔了的臭鲥鱼。

耸耸鼻子，这个味真亲切呀。

拿到那个地方官的府邸，命厨师油炸捧上。

臭得地方官差点背过气去。

不错不错，这才是鲥鱼的味。

杨海林捋袖搓手，狂啖而尽。

在这个地方官的府邸住了月余，天天吃臭鲥鱼。

杨海林离开后，这个地方官想吃鲥鱼了。

厨子用水盆盛了活鲥鱼给地方官看。

地方官大怒：你就不能买点臭的回来？

厨子哭丧着脸回话：爷，现在市面上臭鲥鱼价钱贵得吓死人。

剑　气

《吕氏春秋》里说：

相剑者曰：白所以为坚者，黄所以为韧者。黄白杂则坚且韧，良剑也。

这是一般的相剑者都能揣摩出来的：剑体泛白，是因为含锡，所以坚而脆；剑体泛黄，说明铜的纯度高，所以钝而韧。

好剑，一般都巧妙地把这两个特点集合到一起：剑脊发黄，使其不易折断；剑刃发白，使其坚硬锋利。

相剑者人人可参与，以品鉴宝剑优劣为谋生手段的，叫相剑师。

他们瞧不起相剑者——他们肚里那点货色，懂点冶炼常识的人，都知道。

他们对各地的名剑外观、性能、使用和流传情况如数家珍。如果让他们去铸一把剑，也许会要他们的命，但是如果让他们讲一讲铸剑经，那绝对是行家里的行家。

这些，还不算绝。

绝的，是他们能看出剑气。

相剑师们认为每一把剑，其实都有一个铁兵（剑）之神镇守，如果他的脾气恰好和这把剑的主人相投，那么，这把剑就会发挥出最大的威力。

随着剑器渐渐从战士们的手中消失，从文人们的腰间消失，相剑师这个职业，也渐渐从人们的视野里淡出了。

在清江浦，能让人想起相剑师这个身份的，只有杨海林。

有盐商得一古剑，拿给他看。

杨海林看了看剑鞘，赶紧闭门落窗。

净手焚香，仗剑出鞘。

剑身是厚厚一层绿锈。

衔金铁之音，吐银锡之气，奇气通灵，有游出之神。

好剑呀。

是湛卢剑。

当年公子光刺杀吴王僚，这把剑就从人们的视野中遁去，后来在楚国出现过一次，没想到多年之后，它竟出现在我的眼前。

缘分呀。

虽然有很厚的一层绿锈，可是杨海林仍然看得到剑身有白气缭绕，如龙似凤。

当初欧冶子铸这把剑时，赤堇山开裂，现出锡矿；若耶溪干涸，露出铜矿；雨神降雨，雷神鼓风、蛟龙捧炉、天帝装炭。

天人合一，所以才铸出这把利器。

哦，它能削断我手里这把铜锁吗？

盐商递上一个铜疙瘩。

能。

削掉铜锁，这把剑不会坏吧？

不会。

那就好，我想把它送给官场上一个用得着的人呢。

盐商把铜锁在地上放好，双手握住剑柄，作势要往下砍。

你要干什么？

我要试试能不能劈了这把锁。

剑是有灵气的，你怎么能用砍骨头的姿势对待它呢？

杨海林有点心疼：你是在亵渎它呀！

哦。

那个盐商好歹知道一点剑法，他跟跟跄跄地提剑刺向那把锁。

慢着，杨海林一把夺过剑去。

我说过剑是有灵性的。

你怎么可以不相信你的剑呢？

我说过，那个人是清江浦的一个盐商。

盐商们很多都有异于常人的心理：你越说好，他越不当回事。

以此显示自己的实力。

杨海林越说这是把好剑，这个盐商就越想用它来砍这把铜锁。

看看会是怎样的结果。

当初想用这把古剑打通生意上的财路，现在，他做爷的脾气上来了——非要试一试，大不了，这把剑废了，他可以花点钱，用别的玩意贿赂那个官府里的人。

可是杨海林不能眼看着这把剑毁了。

他，是相剑师呀。

长跪在地，求盐商高抬贵手。

盐商笑笑，都说你杨海林清高，今天倒有眼看得起我。

好吧，我也不能薄了你的面子。

只要你让爷高兴了，就把这剑送给你吧。

盐商提了剑要走。

出了门却又回头了：杨海林，你把爷驮回去吧？

你不是有轿子吗？

我看轿夫累得满身的汗，有些不忍心了——让他们抬空轿子回去吧。

想了想，杨海林虾下腰，让盐商骑到他的背上。

把他驮回了家。

清江浦的县令是杨海林读书时的同学。

看到杨海林驮一个盐商在街上走，他的脸挂不住啦。

他杨海林，平时连正眼瞧自己一下都不肯，可真给这个盐商面子。

晚上，就到了杨海林家里。

好一顿抱怨。

我也是没办法呀，我，想要他手里的剑。

杨海林说。

什么剑呀？

一把古剑。

靠，只要我哼一声，他敢不把剑送来？

拜托你给我留一点面子好不好？

你过去是我的同学呀！

你现在是我的朋友呀！

杨海林脸一寒，为了得到那把剑，我正在想用最下作的行动来讨他的欢心呢。

别介，你千万得给我撑个脸——那什么剑，我帮你弄。

命人给盐商递个话，盐商，就在小半斋摆了几桌。

要宴请县令和杨海林了。

——盐商当初想就是想把剑送给这个县令的。

县令就笑,这个盐商真够滑头的,宴请咱俩,摆了那么多桌,明摆着,是向别人暗示跟我的关系近嘛。

我平时也不爱搭理这些人,不过为了你能得到那把剑,我得去呀。

我知道,你也不愿意搭理这些人,为了这把剑,你也得跟我去,对不对?

那个县官开玩笑。

不坐轿子,两个人,一摇一摆地在街上走。

快到小半斋的时候,杨海林忽然叫了一声不好。

他看到一道如龙似凤的剑气腾空而起。

剑气走了,那把剑,废了呀。

杨海林长跪在地,一口鲜血当街吐出。

染红了一条街。

废了,怎么可能呢?

盐商从剑鞘里拔出剑,往廊柱上一挥。

糟朽了的剑身,立时断为两截。

魂　轿

钵池山的人客死异乡,一般就在当地埋了。

他们说哪里的水土不埋人哟?

想想也是。

何况埋的只是肉身，魂灵，却是一定要回去的。

丧家在葬礼上，必定要准备一只公鸡，就是用来领亡人的魂回去的呀。

讲究一点的，这只公鸡要坐轿子回死者的故乡。

是黑漆的。

叫魂轿。

那一年，程禹山去了一趟江西，回来，田青就抬回来一顶魂轿。

三个太太都傻了眼，问田青，田青只是哭。

将那顶魂轿引进仙子湖边的程家祖坟，田青才说了一句囫囵话：老爷，是在庐山上吃了一只石鸡。

石鸡，其实是一种蛙。

吃的都是活物。

它们总是躺在大石头上晒太阳。

仰面朝天，露出一个雪白的肚皮。

就有馋嘴的鸟儿以为它死了，大着胆子落下来啄食它的肚皮，正好，被它用爪子紧紧地搂住，一点一点吞下肚去。

外形，和钵池山水田里的蛙没什么两样，味道却极鲜美。

也不会吃死人呀。

剥掉外皮，这只蛙的身体是黑色的。

又不是当地人，谁知道，这就是中了蛇毒的征兆呢？

埋了老爷的亡魂，大太太先喊了卞二。

对他说，反正老爷也没有子嗣，卞玉，就改姓个程吧。

让他进城里念书。

卞二就跪了下来谢恩。

卞玉，是他卞二的儿子。

大太太说你起来吧，田里的事，就交给你了。

卞二说是。

城里的生意，就托付给程门照应吧。

两个人，都很尽力。

大太太还是叹气。

卞二，就和程门一起喝酒。

说说老爷生前的许多好处。

说说自己的许多汗马功劳。

卞二不像程门，卞二滥酒。

卞二说，我和老爷，那是。

下面的话，卞二可能没想好。

卞二岔开话题说，有一回，老爷被仇家追杀，我舍了老婆孩子跟着他，在芦苇荡里躲了三天。老爷这人怕水，是我驮着他在水里站了三天。

三天呀，下身就泡毁了，至今，近不得女人。

程门说哦。

程门不说自己的事。

他是老爷半道上捡回来的。

虽然老爷很器重他，让他做了管家，可是，他实在没什么好炫耀的呀？

嘴里哦哦地应着，内心里，是看不起卞二的——卞二，他有什么能耐？

渐渐地，卞二不把程门看在眼里了。

程门和他说话，卞二爱理不理的。

程门恨得牙痒。

有一回，程门又要去清江浦收账。

田地里，也没什么事，卞二，要一起跟着去。

其实，程门是想看秦月楼的一个齐雅秀。

那是老爷在世时包下的一个妓女，招待生意上的朋友的。

可能卞二也知道这回事的吧。

他卞二也想？

这些天，程门和齐雅秀已经难舍难分了，还能让他卞二沾身？

大太太吩咐了：就让卞二去吧，他长年待在这乡下，也怪憋屈的。

就一起去了。

收了账，程门说咱回去吧！

卞二不肯。

卞二说那个齐雅秀，反正是咱程家包下的，闲着，不也给她银子？

程门敛了敛脸说你不是说自己不行的吗？

卞二说我就是寻个乐子。

我知道，老爷死了这些日子，你没少去。

程门就笑笑，也没说什么。

就去了。

好好陪陪卞二爷，现在，他也是个爷呢。

程门说。

留下一瓶酒。

出门时，程门就看到一个干干瘦瘦的老头儿。他愣了一下，腰立刻委顿下来，待抬起头，却又没了那老头的影子。

揉揉眼，程门扇了自己一个耳刮子说，程门你就是贱呀，那老爷都死了，你怕他个毬呀？

卞二，正在齐雅秀的房里喝酒呢。

程门急急忙忙回来拉卞二。

碰翻了那瓶酒，在地上冒着淡淡的火苗儿。

一口气儿回到程家圩，说给了大太太。

大太太叹口气，说我就知道老爷那人什么玩笑都开得，这回，二妹可是惨了。

果然，二太太当夜就没影儿了。

和厨娘的小儿子私奔了。

回到程家圩，老爷好像什么都知道了，他吩咐程门：把二太太的那些东西都扔了吧。

收拾收拾，二太太的那些没带走的东西，都塞进那顶魂轿，抬走了。

只有程门一个人知道：二太太和厨娘的儿子，跑到古黄河边，就死了。

晚上，程门和卞二进了老爷的书房。

老爷像没事人似的，老爷剔着牙说你们回去吧，那件事，就当是开个玩笑——一开始，我不就是在开玩笑么？

淡　痕

民国的时候，清江浦有个叫淡痕的大书法家。

一开始大家叫他大书法家，可能有挖苦的意思：他那时喜欢跟清江浦写字的人凑到一起，人家写字，他只会伸颈而观，半晌，还叹口气，说，你们，充其量只能算是写字。

哪里能叫个书法哟。

虽然很不屑，却并不离开。

文人聚会，自然会有喜欢风雅的老板们买单，淡痕，莫不就是图这顿免费的酒？

有人自以为看破了端倪，就开始起哄：今天每个人都要写一幅字的，要不然，恐怕会有不懂书法的滥竽充数。

意思很明显不过了，但是淡痕却一点也听不出来：我不写，我不写。

写出来，怕大家以后不好意思再说自己懂书法了。

晕，搞文化的人狂一点是可以理解的，可是狂到淡痕这样也真是绝无仅有。

不写，你就喝不到中午的酒。

淡痕嗜酒如命，一听说不让他喝酒，当时就泄了气，好吧，我写几个给你们瞧瞧。

嫌笔太细。

嫌纸太短。

闹到这地步，大家都觉得刚才猜得没错：这个淡痕，可能就是来蹭一杯酒，书法，其实是一点不会的。

反正这酒钱也不要自己掏，就让这个淡痕喝吧，过会儿，还可以假装跟他讨教书法开开心呢。

讨教书法并不开心。

淡痕认为书法要从甲骨文学起。

有人捋须点头，深有同感。

因为甲骨文不是毛笔书写的，没有书法味。

毛笔写得没了书法味，才真正是先融于书法再离开书法。

靠，这叫什么理论呀？

深有同感的人立即跳了起来。

能把书法写到没有了书法味，书法才最终摆脱技术走向艺术。

想一想，本来就是准备在喝酒时拿他开心的，这下，刚才捋颔点头的人开心起来。

先生真是高论呀。

高云鹤起来给淡痕敬酒。

执弟子之礼。

高云鹤是清江浦书法界的领袖，他对淡痕如此尊重，很自然，淡痕这个"大书法家"的称号，至少有一点褒意的了。

虽然是领袖，但是肯定有想推翻他然后取而代之的人。

王明宇就是这样的一个人。

他的书法并不比高云鹤差，一开始因为年青，领袖的地位自然拱手相让。

现在呢，这个高云鹤已然是老朽了呀。

因为淡痕的出现，双方不同的立场立即导致了矛盾的激化。

其实很好解决，只消请淡痕捺笔伸纸，他的字一落在纸上，好坏瞬间就会有公论。

可是淡痕不愿意写：不是我不愿意，是这世上没有适合我用的笔。

不是我不愿意，是这世上没有适合我用的纸。

认为淡痕是大书法家当中的许多人其实只是在附和高云鹤，认为淡痕只是想讨杯酒喝的人中倒不乏真知灼见者。

附和者最终可能权衡利弊最后改弦易辙，真知灼见者往往会坚持己见到偏执的程度。

就在高云鹤和王明宇争执不下的时候，淡痕忽然传来了好消息：他，终于找到了适合自己的纸和笔了。

高云鹤和王明宇两个人，忽然都有些忐忑。

战战兢兢地来到淡痕所居的八蜡庙。

淡痕置了酒。

有滋没味地，两个人并没有喝多少。

我可是诚心请你们的，你们不喝，正好便宜我了。

淡痕哈哈大笑。

眼前明月如霜，照在地上，像展开一幅巨大的宣纸。

喝罢酒，淡痕甩甩满头乱发：你们看，我的头颅，算不算是一枝好笔？

舞动乱发，淡痕，以地作纸。

王明宇伸颈而观，随着淡痕头颅的舞动，点、撇、勾、捺，一笔一画，在他眼前很清晰地显现出来。

虽然没有墨，虽然不是真正的纸，可是淡痕用头发在月光里写的字却不散不逸，结构和气蕴看得明明白白。

好字呀。

王明宇迟疑了一下拍着手说。

好字。

高云鹤说。

写了一炷香的工夫，淡痕，颓然倒地。

高云鹤过去搀扶，淡痕摆摆手：我的原神已经耗尽，你们请回吧。

明天，给我两口好的棺材。

——记住了，是两口哦。

第二天，来送棺材的是王明宇。

王明宇刺瞎了双眼，看了昨晚淡痕的发书后，他觉得天下没有可供他欣赏的书法了。

不要眼睛已经没有遗憾了。

在淡痕的院子里，王明宇睁大了已经失明的眼睛。

浓、淡、疾、徐，布局和气蕴，淡痕的发书清晰地出现在他的脑海里。

好字呀，王明宇跪了下来。

高云鹤一愣，也跪了下来。

高云鹤也看到淡痕昨晚写的那些字，那些点、撇、勾、捺重重包围了他，仿佛是闪着寒光的剑影。

淡痕遗留在空气中的发书忽然凝成重重的一笔，闪电一样掠过高云鹤的脖颈。

高云鹤只觉脖颈一凉，扑通，他的脑袋落了下来。

王明宇不知道，这个淡痕其实是高云鹤的远房亲戚，因为吸鸦片耗尽家资，不得已投奔他讨口饭吃。

知道他擅书法，高云鹤收留他的唯一条件是不准用笔在纸上写一个字，只当个空头的书法家。

打屁股

过去的衙门里，大老爷的办公桌上都会摆"执""法""严""明"四个桶签，"执"字号里的签子相当于逮捕令，其余三个依次漆成红、白、黑三色，是打屁股的筹码，红的一根表示打一下，白的打五下，黑的呢，打十下。

签子往堂下一扔，邱受成急忙弯腰去捡，等他直起腰的时候，已经在心里算出了大老爷要他打多少板子了。

当然，数学再好也不一定能做好衙役。

邱受成，还得揣摩透大老爷说话的语气，从语气里分辨出怎么个打法。

做个让大老爷满意的衙役可是不容易的哦。

要有很扎实的基本功。

比如大老爷想要犯人好看，可是朝廷的律法只能打人家二十板子，那就是考验你基本功的时候了。

皮不破肉不烂，可你得把这个犯人打出内伤。

再比如按律法大老爷要打一个犯人一百大板，可是大老爷和这个人有很深的私交。

也是考验你基本功扎不扎实的时候。

大堂上那么多人呢，就算都是自己人，面子上的威严你要过得去不是？

你得把他打得皮破肉烂，等这一套程序完成后，这个犯人在屁股上贴一张创可贴，最好可以立马能跟大老爷去后堂喝茶聊天。

刚上班的时候是个毛头小伙，那时一心想把工作做到位，板子，一下一下打得很实在，如果那时有测力器，邱受成可以保证每一板之间用的力不会相差一牛顿。

他的同事是个老头，人家当时就笑了：靠，你这样，永远别想做先进工作者。

教他回家取块豆腐，每天呢，用竹板击打，等到豆腐的里边全烂了，而外皮仍然完好，好了，再教给他另一种方法。

用纸包一块砖，用锤子砸。

等到能把砖头砸烂，而外面的纸仍然不破不裂，好了，手艺算是学成了。

大老爷一上堂，邱受成就不停地盯着那三个桶签。

现在，他有了工作的激情。

他觉得自己的工作像是一门行为艺术。

年底，他受到了大老爷的口头表扬——

大老爷的一个朋友犯了事，后果很严重，大老爷假装很生气。

大老爷查查律条，要求当堂打死。

这是个很棘手的工作，大老爷问邱受成的同事：你来行刑？

那个同事就是教邱受成击打豆腐和砖块的老头。

老头想了想，认为还是把这个艰巨的任务推掉比较好。

邱受成呢可不想推辞。

一板一板，打得很结实。

皮开肉烂，那个犯人一下一下地叫着，很配合。

过了五十板子，犯人还在爹呀娘地叫。

接着打。

过了一个时辰，邱受成抹了一把汗，行刑完毕。

监刑官上来验看，不好了，这个人，真的被打死了。

大老爷一愣，拍着桌子骂邱守成：我靠，官场上的潜规则，你咋就没学学？

邱受成一屁股坐下来，回禀大老爷：这个死人，别急着出殡。

在门板上躺三天，会活过来的。

果然，第四天，这个犯人的家属过来传话，请大老爷和邱受成过去喝酒。

给邱受成一百两银子。

大老爷的奖金就不发了,只是个口头表扬。

口头表扬比奖金好,说明大老爷人家没把你当外人。

这件事后来不知怎么传到大老爷的仇家耳朵里了。

这个仇家也是有后台的,那个后台咬着皇帝的耳朵嘀咕几句。

明明是大家都在玩的把戏,可是一旦有人说破,皇帝就像才明白似的,立刻黑下张驴脸。

大老爷的官就做不成了。

还得接受惩罚。

新的老爷接替大老爷的工作。

第一件工作就是惩罚大老爷。

也是打板子。

这个新老爷是大老爷仇家的人,比较阴,行刑的人,他还是选邱受成。

邱受成也是要辞退的,新老爷可不想让他们以后再走到一起。

得让他们结成仇。

一百大板。

一下一下。

眼含热泪。

大老爷哪能不明白呢,配合着大呼小叫。

最后一板子,打得大老爷皮开肉绽。

监刑官走过来看看,表示满意。

只有新老爷冷着个脸。

——官场上的这些玩意,他哪能不明白呢?

律条上规定大老爷犯的不是死罪，监刑官认为邱守成的板子打得到位，你还能有什么办法呢？

大老爷系上裤子，高高兴兴地拉邱受成喝酒去了。

邱受成笑笑：我练成了一种打屁股的新方法，本来准备对付你的，现在你不做官了，不给你消受了呀。

过了十五天，那个大老爷忽然觉得屁股疼，从椅子上站起来就断了气。

衙门里的新老爷听了这个消息笑笑：这个邱受成，打屁股还真有些手段，得啦，让他来上班吧。

刚说完这话，新老爷脸上忽然觉得有板子在打。

叭，叭。

一下，两下。

三王墓

我的这个故事很多人写过，那个叫赤的人总是会在那些人的文字里坐起，睁着一双老鼠眼望着我：你信吗？

我说我不信。

你是个好同志。

那个叫赤的人友好地朝我笑笑，然后叉着手躺下，一躺下，就从我眼前的文字中消失了。

好吧，我现在来讲这个故事，按照赤本来的意思。

赤刚生下来的时候没有哇哇地哭,人家嘴一撇,念了一首诗:沧浪之水清兮,可以濯我缨;沧浪之水浊兮,可以濯我足。

不得了,这孩子将来不得了。

刚从娘肚子里生出来就会吟诗,而且文言文水平之高,足以令写了十多年小小说的我汗颜,这小子,将来肯定是不得了的。

不得了,这孩子将来不得了。

这话是一个相师说的,相师本来想去他家喝口水的,水瓢刚递到嘴边,听到了这首诗,当时就一头闯进了人家的产房。

——他的相师身份,让别人对他的不当行为有恰当的理解。

他做生意能发财?

干将黑着眼圈惊喜地问——他花了三年时间给楚王铸的剑刚刚收工,本来准备伺候老婆生完孩子就好好补一觉的,现在呢,呼噜一下从草垫子上站起来。

莫邪呢,生完了孩子也想收工休息,一听说自己的这个孩子将来有个不得了的前途,立马也亢奋起来:莫非他将来可以封侯拜相,领公务员的工资?

相师叹口气:怎么说你们呢,眼光太低了。

胆子大一点,再往大里说。

夫妻俩想了想,一吓,不敢说了。

比封侯拜相还大,当然是做王了。

这孩子,竟是做王的命!

送走了相师,夫妻俩又抱过赤仔细地看了看,除了眉间比别人宽外,还实在看不出他哪里有做王的命。

那时佛教还没有传到中国,但是夫妻俩已经领会了佛的真谛:没有就是有,看不见就是看见。

他们确信自己的儿子将来会做王了。

将来要做王的赤奶水都没来得及吸一口,又吟了一首诗:相鼠有齿,人而无止;人而无止,不死何俟?

干将、莫邪只是对打铁铸剑的夫妻,又没有大学文凭,儿子念的什么,他们当然听不懂。还是佛家的那种思维:听不懂,就是听懂了。

儿子能说出他们听不懂的话,说明儿子以后肯定是个不得了的人。

干将去交剑的时候就有了私心:剑是用来杀人的,我要把最好的剑留给儿子,让他把王杀了,然后再做王!

干将的私心当然引起楚王的大怒,剑是用来杀人的,楚王用干将送来的雌剑杀了干将。

干将倒下去的时候,他听到楚王的宫殿里奇怪地响起了儿子奶声奶气的吟诗声:相鼠有齿,人而无止;人而无止,不死何俟?

他说的是什么意思呀?

将死的干将忽然有了要将这首诗弄懂的热情。

而这个时候,赤和母亲逃进了一座深山,借居在一个猎人家里。

按照三流作家的思维,这个猎人得有一个聪慧的女儿,嗯,跟赤的年龄相仿。

赤渐渐长大,每天,母亲都会跟他提起父亲的死和相师的预言,以此激发赤的斗志。

可是赤总是抱着父亲留给他的剑吟那首"相鼠有齿"的诗。

我刚才说过,猎人的女儿是聪慧的,她听懂了这首诗。

她本来是依偎在赤的怀里的,这会儿拍拍手站了起来:我瞧不起你。

说这话，她的神情活像我现在的女朋友：你想过普通人的生活，可你不是普通人呀。

喊，我瞧不起你。

她扭扭性感的屁股，活像刚从我出租屋走出去的女朋友。

后来的故事大家都听到了，赤斩下自己的头，猎人提着它去见楚王，趁楚王不注意的时候又斩下楚王的头。

最后，猎人又斩下自己的头。

三颗头颅在一个大锅里被煮得稀哗烂。

这锅肉汤后来被葬到土里。

每年，猎人的女儿都会来拜祭。

现在，你可以做个普通人了。

猎人的女儿笑着对坟墓里的赤说，因为你的使命已经完了。

一阵风吹过，赤的意识就在坟墓中清醒了。

我还是做个王吧。

赤说，我的使命都没有了，做个普通人，我还有什么劲呢？

他的这句话只有我听到了。

那个墓，被称为三王墓。

这个时候，那个相师已经做了新王的谋士，他陪新王经过这座坟墓。

为什么叫三王墓呢？新王问，莫非，里面埋的是三个王？

相师看了看，这个时候相师已经不是他的职业，所以他说：不知道，我不知道呀。

怎样求得安乐死

没有一点悬念：杨海林的一个哥们做了皇帝。

这个做了皇帝的哥们在坐上龙椅前的一刹那搡了杨海林一拳：苟富贵，毋相忘，杨老师，咱们的好日子来了。

现在，我承认在写小小说的时候喜欢把自己写进去，我觉得，写作，最重要的就是写自己——我身边的很多人喜欢习惯在小说中隐藏自己，结果，人家做了官，在官场上游刃有余。

他们把自己做人的方法运用到小说中去了。

而我，也把做人的方法运用到小说中去了，我喜欢把自己写进小说，就算是虚构，那里面也有我自己真诚的哭真诚的笑——你们不要学我，在这个世界我混得很惨，真的。

我确信我帮助一个人得了天下，这个人在坐上龙椅前一直称我为杨老师，这让我感激涕零——你一个跟瓦匠混的小工，被人家青眼相垂，拜你为老师，平天下治国，都愿意听你几句，你想想，给了你多大的面子？

就算你能开飞机，要不是人家发现你，你最多也只能开个拖拉机，对吧？

这个哥们刚坐上龙椅，立马，就开始兑现他的承诺：谁谁谁，分给你哪里的封地。谁谁谁，安排你到哪个机关任职。谁谁谁，咱们两家联姻。

这个老大，做得够意思。

杨海林，也得了一块地。

老杨浩浩荡荡地去自己的封地上任去了。

老大的小弟们现在有了自己的地盘，心里那个得意呀，纷纷招聘人才给自己画出蓝图，囤粮驻兵，嘿嘿，搞起了大开发。

杨海林一点儿不落人后。

有人提醒他来了：不能那么张扬哟，历史上可有不少血的教训呢。

杨海林笑笑，仍然我行我素。

皇帝的小弟们果然纷纷落马：把自己的地盘打理得很好的，说你明摆着不安好心——你的 GDP 上去了，你跟皇帝叫板的实力就有了，你让皇帝睡得不安心啦。你只知道喝酒打牌泡美女，那更不能留——你这个人有文化，历史书看得多，你知道怎么伪装自己。

能想到伪装自己，那说明你心里有鬼，杀你更不会冤。

杨海林被关在大牢里，有牢头过来出主意：找你的初恋帮帮忙，或许，能有点戏。

对呀，我怎么没想到呢？

您真是一语点醒梦中人，杨海林想问问这个牢头叫什么名字，如果有效果，日后，好报答人家一下。

想一想，还是算了吧：让这个人安生地过完一生吧。

杨海林的初恋当初的选择离开他是对的，现在，人家成了皇帝的女人了。

杨海林当初失恋的痛苦也没有白受：如果当初和他的初恋结婚，现在他可是一点盼头都没有了。

杨海林写了一封信，在这封信中没有提请她帮忙的事，只表达了临死前对初恋的思念。

杨海林爱好文学，这样的信当然能让这个初恋读得泪珠滚滚，好了，她答应试试了。

杨海林的初恋走在去找皇帝的路上，杨海林的信就被皇帝拿到了。

皇帝一看那酸叽叽的文字就笑了：这个老杨，我动他的主意，真是高看他了。

——对一个女人念念不忘，哪能做什么大事哟？

皇帝的女人来时，皇帝假装给了她一个面子，放了杨海林。

回到自己的地盘，手下的小弟问：老大，咱的楼盘还做不做？

杨海林一边贴着创可贴一边把脖子一梗：做，当然得做。

您不怕再惹点什么事？

杨海林看看四下里没人，偷偷地说：不做，才真的会再出点什么事呢。

做得很大，做得很红火。

竟然真的没事，皇帝，真的没找过他的麻烦。

原来每天的早朝是必到的，为的，是让皇帝看到自己放心。

现在呢，十天半个月，皇帝也难得看见他一回。

皇帝也不问，好像，已经忘了他。

皇帝临死的时候想起杨海林了，让杨海林过去话别。

皇帝倚着、枕着、半躺着。

杨海林瘦瘦的，坐在圈椅里，四周，也塞了几个枕头。

两个人，都很虚弱。

我要走啦，皇帝说，今天之前，我可是提心吊胆，生怕你什么时候反了我。

现在，我终于可以安乐死啦。

我也要走啦，杨海林说，今天之前，我也是提心吊胆，生怕不小心被你杀了。

现在，我终于可以安乐死啦。

两个人，同时咽下了最后一口气。

第二辑·徐鬼嘴

冷　寒

清江浦在过去是个名医荟萃的地方。

像问心堂、大和堂这些医馆，人家都开了好几代了，掰开指头数一数，要么，给过去的显贵看过病，要么，自家的祖上出过医书流传于世。

都算得上是家学渊源哟。

野路子来的郎中要想在清江浦开个门脸儿谋营生，问心堂的吴家、大和堂的孙家就会过来给人家打"拦头板"——凑一点银子，劝人家去别处谋生。

不是怕抢我们的生意。清江浦，你是站不下来的，可不要落得个血本无归哦。

要是梗起脖子不理会，吴家孙家也决不会给人家小鞋穿。

嘿嘿，不听劝，那你就走着瞧吧。

碰到一些常见的小毛病，吴家和孙家的医生就会劝患者过来应诊。

算是给人家分一点生意吧，让他输得不至于太狼狈。

多少人想分清江浦诊所的一杯羹，可是最后呢，坚持下来的还是吴家孙家的这些老字号。

民国一十八年，清江浦来了一个拿虎撑的江湖郎中，街街巷巷里转了半个月，嘿嘿，在花街上租下间门脸了。

吴家孙家这回没凑了银子来让他去别处谋生。

能在这里混半个月下来，说明人家是有手段的。

有手段，那就得尊重人家，让人家在这里立下基业。

这个有手段的人姓冷，单名一个寒字。

开业的那一天，吴家送来一份厚礼，孙家呢，也送来一份厚礼。

冷寒就笑，说我早摸过你们俩家的底了，你们俩家都不看不孕不育，好吧，我就专门看这个。

看男不看女。

看过男的，他说能治，果然就能治了。

他说不能治，也绝不给人家治。

而且，手段忒高，说能治的，回家不久，家里的娘子准能开怀生子。

冷寒看病从不开方，药，都是自己当时配好了的，而且，他把用药的时间掐得准准的，提早或延迟，那都不行的。

有人想讨好吴家孙家，得了冷寒配的药，会悄悄地拿到吴家或孙家，让他们分析这药的成分。

吴家孙家就冷了脸，自古医者有德，他们，不愿做那种苟且的事。

表面上不看冷寒配的药，内心里，也是好奇的。

只是冷冷地一瞥，就知道冷寒用了哪些药——这些药，也只是普通的壮阳补肾药，并没有出奇之处呀。

心里疑惑，却并不说出来。

民国一十八年前后的清江浦是个经济凋敝的地方，为了省钱，一般人家食用的都是棉籽榨的油。

没人知道这种油吃多了会导致男人少精或死精，这样的人结了婚，肯定是不可能有后的了。

这只是近几年才被证实了的事，那个时候，并没有人意识到。

吴家的老大娶妻三年，仍然没有一男半女。

他也去找冷寒了。

冷寒给了他一炷香一枚药丸。

嘱咐他和妻子行房时点上这炷香，然后，将这枚药丸塞进妻子下身。

吴家老大暗暗地耸起鼻子闻了闻，那香里有曼陀罗的味。

曼陀罗能致人迷幻，人一旦进入迷幻的状态，做夫妻间的那点事肯定会无所顾忌。

没有了顾忌，肯定会很投入。

它起的只是个辅助的作用，治这个病肯定是不行的。

可能秘密就在那个药丸里，但药丸是封过蜡的，冷寒交代过不能剥开。

一剥开，就会失效。

也许是医家的秘方不便让人知道吧，吴家老大笑笑，虽然不相信，可是他也没有剥开来看。

都不容易，吴家老大，不想抢人家的饭碗。

依此照做，老婆果然就怀孕了。

吴家老大娶的是孙家的姑娘。

生了孩子，娘家人来吃三朝面，孙家老大抱起外甥看了又看。

想说什么，没说。

孙家老大是有儿子的，现在呢，他又讨了个妾。

也说这个妾不能生育。

找冷寒讨药丸。

那时候是隆冬了，冷寒说你稍等，我去内室配药丸给你。

配好药丸，迎面，孙家老大给他泼了一盆冷水。

要是按现在的说法，冷寒，人家是把自己当个精子库，那蜡封的药丸里，其实是他刚取出的精子。

女人要是好好的，用了这个药丸，哪能不受孕呢？

中医上讲男人刚行完房，身体是热的，现在叫冷水一泼，好了，冷寒这个精子库做不成了。

冷热一激，身体会立即垮掉。

本来就没有谋生的手段，现在呢，身子又有了病，冷寒，不久就在清江浦消失了。

孙家老大开的大和堂本来生意火得不行，这事发生后没多久，竟然着了一次大火，烧了积年存下的药材。

再开起来，就不那么景气了，死撑活挨了两年，竟关了门。

吴家的问心堂呢，也不再卖药应诊。

做起了别的营生。

这两家医馆一倒，很快地，别的医馆一下子多了起来。

生意好得不得了。

吴柳格

丫环是新来的。

丫环来的时候小姐已经病了。

小姐的房间收拾得很干净，丫环推开木格窗使了叉杆儿撑好，就有一大片阳光泻进来，晃得小姐睁不开眼。丫环摸了摸桌子上描金的青花瓷瓶。可惜了，丫环说。丫环在青花瓷瓶里注了清水，又到院子里剪几枝栀子花放在瓶中养着。

丫环的动作很轻，猫一样，但小姐还是听见了，谁呀？小姐在锦被里动了动。

小姐，丫环说，丫环撩起小姐的罗帐，用了鸳鸯银钩钩好，丫环就看见散乱的青丝下小姐瘦瘦的一张脸。

扶我起来吧，小姐说。小姐用瘦瘦的手捋了捋头发，丫环就看见小姐手上碧绿的玉镯垂下来，滑进袖子的深处。

丫环就觉得头皮一阵发紧。

水预备好了吗？小姐问。

一边的太太就提醒丫环：小姐每天早上都要洗一遍澡的。

丫环就惶惶地取来红漆木桶，又从厨房打了沸水，太太取了一包药放进桶中，注上沸水，不一会儿就有浓郁的药香味氤氲而出。

怎么总不见好！

太太转过身去抹眼泪。

是吴先生拟的方子么？丫环问。

没有人吱声。

丫环就看见小姐轻解罗衫。

丫环说，太太，咱先出去吧。

太太有些愠怒，太太顿了顿说你伺候小姐洗澡吧。

小姐慢慢地坐到桶中，倚在桶沿上闭了眼喘气，稍顷，吐出一口鲜血来，丫环就在心里叹一口气，觉得小姐真可怜。

小姐说你帮我搓搓吧。

丫环的十指细如柔荑，在小姐的身上缓慢滑行，突然，丫环的手指在小姐的乳房下一摁。

小姐皱了皱眉，哇地吐出一口淤血。

疼吗？丫环有些不知所措。

小姐说疼，可是疼过之后我咋觉着忒清爽呢？

丫环的脸上就有了些笑意。

小姐能在春凳上坐会儿了。

小姐翻会儿自己以前读的书。

小姐又在素绢上写了两个字：紫涵。

字是瘦金体，柔媚有余，刚劲不足。

丫环望一望说是小姐的名儿吧，可真好听。

小姐望了望丫环忽然脸就红了，小姐说伺候我洗澡吧。

丫环觉得小姐这时已经是一件艺术品了，丫环又在心里叹一口气，丫环没头没脑地说吴先生真是神医啊，几盆汤浴就治好了小姐的多年积症。

小姐没听丫环说什么，小姐忽然对丫环说你的手能让我摸摸吗？

小姐说我常常做梦，梦中一个书生也有你这样的一双手。

丫环一愣，丫环没让小姐摸她的手。

但丫环给老爷端茶的时候那双手却让老爷捉了去，老爷不去接茶，老爷痴迷迷地把玩丫环那双手，好端端的茶盏儿就掉在地上摔碎了。

丫环向老爷辞行的时候，太太包了一封银子塞过去，说谢谢你了吴公子。

老爷拍拍丫环的肩说你哪是什么丫环，你是吴先生的公子吴柳格，对吧？

老爷尴尬地笑笑说，其实你刚来的那天我就看出来了。

吴柳格就拱手道：小人自幼随父学得一点指上功夫，为人治病屡有奇效，小姐之疾实非汤药所能及，但小姐乃千金玉体，贸然出手恐损小姐清誉，故家父命我假扮丫环与小姐治疗，万望府台大人恕罪。

太太就问：公子可曾婚配，我家小姐可否高攀得起？

柳格想了想，叹口气说医者有道啊，如果我先救后娶，恐为不明真相之人耻笑，清名也就尽失了。

太太说如果不娶你就污了小姐的名节了。

老爷就抚须笑道：先生为良医，以救死扶伤为根本，但鄙人身为淮安府尹，却也掌一府百姓生杀予夺之权啊。

吴柳格被押往刑场的时候府尹对他耳语道：先生不会遗憾吧，因为咱们都用了自己手中的权力。

杨　介

杨介先生是清江浦名医。

杨立之喉咙生痛，红肿溃烂，脓血如注。

这可是个做广州通判的爷，什么样的名医请不到呀？

可是，什么样的名医也没治好他这个病。

找这个老杨试试吧。

杨介并不把脉，只是轻轻松松地说：先吃生姜一斤。

晕，人家的喉咙已经红肿溃烂，再吃这辛辣之物，那不是火上浇油嘛，你杨介，懂不懂医理？

好在这位通判大人还算沉得住气，让家人买了鲜姜回去切片食用。可是杨介笑笑说不必了呀，我来给你画点儿吧，准保比买得便宜。

濡上黑臭的墨，捺笔伸纸。

一会儿，那纸上便也浓淡参差，细看看，是一坨一坨老姜。

拿回去，每天裁一点，放在砂锅里煮沸了食用。

一月而愈。

杨介说：先生任广州通判，必想和当地人搞好关系，广州人喜食鹧鸪鸟，先生肯定也入乡随俗了。而鹧鸪喜食半夏（一种中草药），半夏有毒，久而萃于鹧鸪肌里，先生食鹧鸪，所以有半夏之毒，我用生姜制之。

哦，是这么回事。

可是，为什么非要你画的生姜就灵了呢？

我用的墨，其实就是老姜的汁，用它画个萝卜白菜，你的病，一样治得好的。

半夏的毒性本来很小，可是它长期在鹧鸪体内滋长，人食用一两回鹧鸪也不致病的，你想想，你是长期食用形成这个病的呀。

鲜姜，能有这样的功效吗？

而且我那作画的纸，也不是画店里的宣纸，那是取陈年的槐花捣制而成的，槐花，可以凉血散淤。

哦。

两个人，就这样成了朋友。

我不喜欢杨立之这个人，他，怎么也和杨介一起姓杨呢？

写这个小说的时候，好几次，我想给他换一个姓。

可是最后，你看到了，我还是用了"杨立之"不是？

我年轻的时候在旧书摊子上买到过杨介的一本手书医案，这个事，人家写在医案上呢。

真人真事，写小说，也得尊重一下不是。

好了，杨立之就杨立之吧。

那时候，杨立之四十多岁，家里一摊子事，官场上一摊子事。

老婆留在家里操持家务，他一个人，留在广东操持官场。

因为是朋友了嘛，杨介就笑，说你这样，要出事的哟。

能出什么事呀，杨立之说我和老婆也常常每年聚几次的，可是你瞧，至今连个后也没有。

我不甘心呀。

哦，我知道了，你是那个方面有病。

我这样的人，在外面能出事？

像你这样仕途通达的人，如果没个后，实在是一个心病。

既然是病，我就得想法子帮你治一治。

哪天，你把嫂子请来吧，我给你们把把脉象。

这个病，也是有法子治的。

好了，夫妻俩恭恭敬敬地来到杨介的诊所。

我还给你们画幅画。

磨砚理纸，画了个观音送子。

挂到夫人的内房吧。

注意了哦，只能挂在夫人的内房。

夫妻俩天天看着那画，期待着观音给他们送子。

说给杨介，杨介就笑，说，你们，就没想做点啥？

我都那样好多年了，能做点啥哟。

试试吧，回去，试试。

回去将信将疑地试试，竟然入了港，竟然很畅美。

竟然，有了孩子。

去广州之前，杨立之悄悄临摹了那画，然后，将那幅真的取下带走。

那么多年孤馆无聊，现在，有了这幅画，他的心事活跃了。

我到南方再找个夫人，这画，还挂在夫人内室。

不就没事了嘛。

找了个二八俏佳人。

时时有神来之勇。

倒霉的事也来了，那女子天天在屋里待着，一开始还羞答答的，后来，竟然不让杨立之出门。

大白天的，也想成那等好事。

沾着碰着，就不管不顾地大呼小叫。

惹得屋外的人憋不住笑。

杨立之，就招架不住了，慢慢地，不敢回来了。

那女子呢，可真是老房失了火一样，救都没法救了。

因为杨立之不来，就打起吃野食的主意。

杨立之，哪受得了这个，一狠心，要了她的命。

杨立之被拿下狱的时候，杨介去看了他。

我不该呀，杨介说，那幅画，我就用媚药熬成的汁画的。

这个，我猜到的呀。

那个媚药，是青木香、枯矾、牡蛎、川椒、麝香、木毙子配成的呀，叫惹意牵裙汁。

那天你们夫妇去我的诊所我就看出来了，不是你不行，是你家娘子不思春，这个药，是针对你家娘子的，是给女人用的呀。

现在，你把它带过来，挂在一个正常女人的屋里，能不出事吗？

这就是你的不是了，虽然被下了狱，可是杨立之仍然打着官腔，作为一个医生，医嘱怎么能说得那么含糊呢？

唉，我当初没细说，也是有原因的呀。

你们做官的，有几个能善终的呀？

为了求得仕途通达，你连不习惯的饮食都不在乎。

为了求得仕途通达，这么多年，你连自己根本没有那个病都不知道。

你把心思全花在做官上，能善终吗？

你就是不犯这个事，也终会犯别的事的呀。

杨立之想一想，竟然露出一口很白的牙，您说得太对了。

我不后悔了。

可是我后悔了呀，我多年研制出的药画，救得了人的命，救得了人的心吗？

从那以后，杨介烧了自己的医案，不再给人看病。

我得到的那本医案，应该是烬后仅存的一本。

小谭先生

送灶这天，红蕤来到秦月楼门口。

过去，送灶是有讲究的。这个讲究，表现在时间上：唱戏的，在腊月二十三；妓院，在腊月二十五；普通人家，才在腊月二十四。

很显然，红蕤是在腊月二十五这天去的。

秦月楼的门口挂着香妃竹篾的门帘儿，外面，还衬着一块厚厚的绸布，挡着呼呼的风。

红蕤掀了一下，露了露瘦瘦的一只黑手。过一会儿又掀一下，露了露瘦瘦的一只黑手。

老鸨就问，谁呀？

红蕤不说话。

老鸨嗒嗒嗒嗒地走出来，四下里看了看，才发现缩在墙旮旯儿的红蕤，就问，有事么，你？

见红蕤没吱声，就猜到她的心思了，于是一把将她拽进屋，在灯下细细端详一遍，叹一口气，问，棋琴书画，可会一两样？

自然是不会的，红蕤七岁就没了爹妈，讨了十年饭，哪会那个哟。

老鸨的话就有些刻薄，要脸蛋子没脸蛋子，要身材儿没身材儿，手艺呢，更是没有，还想吃香的喝辣的，你以为窑姐儿是那么好当的？喊！

红蕤喏嚅着说，我只想混口饭吃，扫个地劈个柴，不行么？

就这样留下来了，扫扫地，劈劈柴，干得挺欢实。渐渐地，身子也滋润了，秦月楼的蓝字辈儿懒得搭理的主儿，偶尔也打发给她。

老鸨说闺女呀，你不是吃这饭的料，妈妈看不得穷苦人遭罪，给你指一条明路——你接的那些主儿，如果他们给你钱你就好好儿攒着，攒够了，说个拉车的或是赶驴的，一辈子，也就过去了。

——这些主儿，能给多少钱？

就一点一点地攒，有时，也能碰到中意的，譬如那个背着药葫芦的小谭先生。

这个小谭先生，是个游走的江湖郎中。半人高的药葫芦里，叮叮当当地都是些不值钱的药材，白梅枝、樱桃核、小皂角、紫背、浮萍之类的。这些人，油水是很少的，交了钱，勉强囫囵着睡个觉，就心满意足了，再花钱包个女人，一般是舍不得的。

要人陪的，只有小谭先生。

一点，红蕤就笑眯眯地来了。红蕤不图他的钱子，小谭先生也不图她的姿色，两个人，挤在一张床上叽叽哝哝地说着话。

小谭先生讲他这一天的见闻。

红蕤讲她的梦想。

小谭先生讲完，基本也就睡着了。红蕤却还在讲，黑夜里，红蕤的小眼睛骨碌碌地转。

红蕤说，哪天，我要能做这秦月楼的头牌就好了。

红蕤以为小谭先生是睡着了，这话，红蕤没指望说给他听。

不想，小谭先生扑哧笑了，小谭先生笑过之后说，就你？

红蕤的皮肤很糙，而且，满脸深深浅浅的雀斑，黑夜里，都看得见。

第二天，小谭先生起床，见红蕤红着眼睛没搭理他，就知道昨晚的话说重了，伤了她的自尊心。就安慰她说，我给你配个方子吧。

拿出几样中草药，揉揉搓搓，手里，就攒了鸡蛋大的一坨药丸。

说，没事时，就放在脸上搓吧。

没事，就放在脸上来来回回地搓。

半年，一晃就过去了。

小谭先生再来时，竟唬了一跳。

原来，红蕤的脸上不但没了雀斑，皮肤，竟也白亮得耀眼。

自然是好长时间没人叫她扫地、也没叫她劈柴了。

红蕤想告诉小谭先生，她真的做了秦月楼的头牌。

小谭先生却转身走了。

就央人去找，也不来。

托人传话说，你已经不是你了，我还找我干什么呀？

还去干什么呢？他小谭先生有钱包得起秦月楼的头牌？

其实，小谭先生也知道，红蕤肯定积了一些钱，找他，是想从良了。

小谭先生就又说，别等了，我不会再去了。

死了心，一心一意做秦月楼的头牌。

又到送灶的时候，红蕤被送到城西的城隍庙里。

这时的红蕤，身上生了红斑，用手一挠，就溃成一个窟窿。不挠，那些红斑焐熟了，"扑"的一声，自个儿吐出一滩腥臭的黄液来。

红蕤知道，自己的路怕是走到头了。

小谭先生来了，小谭先生说，是我害了你呀。

红蕤说，先生可有医我的方子？

小谭先生说有，可我不想再给你治了，你想想，治好了，又能怎样？

红蕤流了一回泪，说，那就不治了吧！

就死了。

过了好多年。

有一回，小谭先生遇到秦月楼的杂役小云，小云瞅瞅四下没人，就飞快地贴进他说，你看，我的脸盘子也不甚好看，先生给红蕤配的药丸，能不能给我一粒？

小谭先生就哈哈地笑，说那是我特意为红蕤配的，其他人，不配呀。

小云就白了脸，锐声地骂，疯子，你这个疯子。

那时，小谭先生确实已经是个疯子了。

徐鬼嘴

巫医，其实是一种介于巫术和医术之间的一种职业。

巫师们看不起巫医，认为他们并没有捉鬼除妖的本领；医生呢，也看不起巫医，认为他们根本就是招摇撞骗，为了贪图一点蝇头小利，常常会延误别人的病情。

可是乡民喜欢，一则因为巫医并不是巫师和医生所说的一无是处，有些病，他们确实能治好，二则呢，巫医给人治病有自己的行规，不收病家的钱，甚至连一句感谢的话病家都不必说，他们只要收一点实物——这些实物也不昂贵，一把菠菜，一升小米，都行。

若是病家拿来了东西——就算是一把菠菜，一升小米，无论多忙，巫医都得放下手里的活给人治病，否则，他的手艺就会失灵。

比方说吧，我小时患过腮腺炎，叫一个巫医瞧见了，他事先跟我妈说，让她晚上领我去他家，不要带东西，也不要说话——不然，他的办法就不灵了。

我记得他用墨汁涂了我的两腮，涂的时候嘴里絮絮地念，竖起耳朵，也根本听不明白。

做完了这些，我妈一声谢也不敢说就领着我走了。

后来，我的腮腺炎好了，我妈才提了菠菜去道了谢。

长大后我听说过去的墨碇为了防腐，做的时候会加一点中药，这些加进去的中药，有的就是用来治腮腺炎的。

但也有不借助于中药的，这就有些神奇了。

我们这里还有个巫医，姓徐，叫徐鬼嘴，大家这样叫，其实是对他的一种认可吧。

徐鬼嘴主要给小孩子治病，不管什么病症，只要他有把握，都用同样的手法。

在正午时让病儿站在太阳底下，然后呢，他会根据小孩得的什么病、病到什么程度，在小孩的周围画上大小不等的一个圆。

随手拿起一个土坷垃沿着这个圆转，嘴里念着鬼话。

最后他会把这个土坷垃捏碎，放在小孩的头顶，说声，中。

中是我们这里的方言，就是好了的意思。

把小孩牵回家，让他睡一觉，不管是拉肚还是发烧咳嗽，醒来后都会好。

徐鬼嘴一个人过。

我这样一说，你就知道故事来了：有一回，一个外地的女人领孩子来找他看病了。

这个孩子一直拉肚子，在医院看不好，皮肤，现在连一点水分都看不出来了。

徐鬼嘴看看那女人，说我看病，得选在正午呢。

那时候地里还有露水，很显然，不是他治病的时间。

女人看一看，与其在这里干坐几个时辰，不如帮他收拾收拾吧。

反正自己闲着也是闲着，反正，这个徐鬼嘴家里乱得没个插脚的地儿。

他还帮徐鬼嘴做了一顿香喷喷的午饭。

看完了孩子的病，吃完了饭，让孩子去自己的床上躺一会。

他自己，跟这个女人唠起了嗑。

后来，这女人又来了几回，有时是领别人家的孩子来看病，有时，纯粹像走亲戚。

收拾收拾屋子，给徐鬼嘴做饭。

后来，住下不走了。

这女人的男人打工时看上了别人，好多年也没个消息，她自己的孩子带了来，跟徐鬼嘴，成了新的一个家。

把个徐鬼嘴美死了。

徐鬼嘴很快有了自己的儿子。

这孩子很快长到七八岁。

生病了，咳嗽。

徐鬼嘴要把他送到医院。

女人不肯，女人说当初我相中你，就是看你是个巫医呢，你有治这个病的本事。

好吧，徐鬼嘴让孩子在太阳下站好，画了圈，他捏个土坷垃转来转去。

转来转去，嘴里念念叨叨。

女人见他停不下来，有点奇怪：不好治？

按说这病没什么难治的，这种病，我治过不下几百例，可是今天，我咋对自己一点自信都没了呢？

徐鬼嘴自言自语。

好不容易把手里的土坷垃捏碎，撒到孩子头顶。

去睡一会吧。

孩子很听话，午饭也没吃，进屋睡觉了。

过一会，咳嗽没了。

女人朝徐鬼嘴竖起大拇指，他们都不知道，这孩子，其实已经死了。

就那么一个咳嗽，竟要了孩子的命！

都怨我呀，给孩子治病的时候，我心里一直没个底。

我以前，从不这样的。

徐鬼嘴欲哭无泪。

女人呢，走啦。

女人临走时说：是我害了孩子呀，你治不好孩子的病，是因为你心里有了杂念——因为这是你的孩子，所以你对自己失去了信心。

买　春

钵池山旧属楚地，又与吴地毗邻，故尚鬼，病必延医，称为"看香头"。

香头，就是巫医。

巫医，也不全是装神弄鬼吓唬人，他们也有自己的一套治病方法。譬如治小孩胙腮，他们都用一枝笔蘸了墨在病儿脸上画一种符，这种符，外行人自然是不认识的。画着画着，就成了两个密密实实的椭圆，最多三五天吧，那胙腮竟真好了。

再譬如治"蛇蛋疮"吧。这是一种很毒的疮，常在人的手腕、脚踝、脖颈、腰间出现，先从一端溃起，渐渐地，两端就搭了头，成了一个圈。据说，这时就有了性命之虞了呀，得赶紧治。

这病，到中医那里开方子至少得个把月才能好，而且，也糟蹋钱。巫医就不一样了，巫医用陈年的艾叶和麻线，搓成绳的模样，围着那些疮一点一点比画，口中，自然也是要念咒语的——那是在捉患者体内的"蛇"，"蛇"捉到了，它就不会再生蛋了，病，可不就治好了？

这些，都是屡试不爽的，钵池山的人，能不信？

大病，就不一定能治好了。

钵池山的人，还请。

巫医们就要"买春"了。

买春，就是与患者家的人——奴仆呀小婢呀——勾结，探听病人隐私，然后，据此捏造出一些神鬼之事，病家就要花大钱了。当然，也要匀出一些给那些奴仆呀小婢呀什么的，不然，就说不过去了。

那一年，老爷病了，睡觉时，满嘴说胡话。

厨娘就对程门说，是不是也找个香头看看？

那时，老爷已经病得不行了。人，一圈一圈地往下瘦。中药，吃了一剂又一剂，就是不见好。

就请了巫医。

巫医说这病我也治不好，你家老爷不是喜欢去秦月楼么，那里，过去有个妓女，叫环翠，上吊死的，死后，阴魂一直不散，说是要等什么人。前些日子托梦给我，说要等的人找到了，就是你家老爷。

前世，这妓女是个公子哥儿，你家老爷是他家的丫头，两个人，就有了私情，老爷的肚子里都有了他的骨血了。

后来，你们家老爷被毒死了，阎王爷怜悯他，让他今世做了回男人。

这个公子哥们儿也跟着徇了情，却投生做了妓女。

也算是报应吧，现在，这妓女觉得对不起你家老爷，要带他走呐。

老爷听了就虚虚地笑，说我没想到呀，前世，竟是这样的命。

那么，竟没有办法了？

也有，巫医说，可以做"五母通"试试。

五母通，就是拜太母忏，规模可是很大的，得在钵池山的景慧寺里做，你想想，那费用还了得？

大太太就说程门你看着办吧，钱，能省也要省着点呀。

程门说我知道。

这事，就交给程门办了。

先预交了灯油费，另外，又打点了庙祝。庙祝说太母忏我们能做，但是，"叫喜"我们不会呀。

叫喜，就是进庙招魂，不是和尚们的事。

程门说我哪能不明白？

——还不是再请上巫医么？

钱，花了不少，老爷的病，竟有了起色。

老爷就想到大太太的佛堂里坐坐，程门说哪行呢，您这病刚好，得静养。

老爷笑笑，说不碍事了。

程门还想阻拦，见老爷神色有些不对，就不敢说什么了。

便叫人扶着老爷去了。

大太太坐在蒲团上念佛呢。

大太太不肯起来。

老爷就笑，站起身，要走。

可巧，就跌倒了。

大太太一惊，本能地站起身去扶老爷。

蒲团上，就露出一双鞋。

是一双男人的鞋。

老爷拿着那双鞋，说，你还会做鞋呀？

大太太说鞋底上纳着一万个佛字哩，明天，你就穿吧。

老爷嫌鞋底太硬，给了程门。

程门哪敢要呀，脑门上，就有了细密的汗。

老爷笑笑说穿上吧，肯定合你的脚。

老爷和程门的脚，其实是很有差别的。

穿上，果然很合适。

程门脸上的汗，就更多了。

第二天，大太太就在佛堂上吊死了。

安葬了大太太，程门就来辞行了。

老爷说别走呀，不就是一双鞋吗？

这些年，老爷都忍了，一双鞋，就忍不得了？

老爷又笑了。

那笑，让程门难以琢磨。

第三辑·仪式的完成

处女茶

肖可玲来我们单位报到那天受到我们头儿的隆重欢迎。

我们头儿坐在老板椅上盯着肖可玲看了足足一个时辰，忽然伸出他的胖手激动地说，好呀好呀，没想到你还是个"处级干部"呢。

我们躲在旮旮旯旯吃吃地笑，弄得肖可玲傻子似的莫名其妙。

我们单位是个小单位，只有几个人，因此就显得很团结，头儿不把自己当个头儿，我们也不把自己当作他的下属，没事时就围在一起吹牛皮。

不过，头儿可是比我们高明多了。

比如头儿能从人的脸部或身段上看出这个人是不是"处级干部"，这就让我们佩服得五体投地。

嘿嘿，你不问我也要说的，我们单位里说的"处级干部"，指的其实是处女或处男。

可别说这是低级趣味哟，这是我们头儿首先倡导起来的一个话题，而且，从他倡导的那天起，一直很热门。

我们只认识公母，可我们头儿却能认出谁谁谁是不是"处级干部"，厉害吧？

想讨教？门都没有。

但却是屡试不爽的。

再有兄弟单位的领导或同事来做客，我们头儿就拿出一罐孬茶叶喊肖可玲去倒茶。

嘿嘿，处女茶。

我们这里的风俗，处女斟茶，那是把你当作上宾的呢。

我们单位的头儿识别"处级干部"的名气很响，在兄弟单位那也是如雷贯耳的哟。

我们单位的头说，来来来，这可是正宗"处级干部"斟的茶哟，放开肚皮喝。

我们单位，还有一个"处级干部"，来了好几年了，不知怎么的，一直没处上男朋友。我们头儿从不叫她倒茶，说她只是个"副处"，虽然没结婚，可是那瓜儿早就破过了的。

这话，只有我们头敢背地里说说。

还是说说肖可玲吧。

肖可玲是什么样的人，可精了，明白了是这么回事，就骂我们头儿不正经，有时，单位来了客人，干脆就躲进卫生间不出来，害得我们头左一趟右一趟地到卫生间门口立正稍息。

没人注意时，我们头儿就把个肥肥的招风耳贴到门上去听里边的动静。

哪有动静哟。

就低声下气地给肖可玲说好话。

肖可玲还是要出来的。

还是要去斟茶的。

我们头还是要认认真真地对客人说喝吧喝吧，这可是正宗的"处女茶"哟。

渐渐地，肖可玲似乎只会斟"处女茶"了，办公室里的其他事，她一概不沾边儿。

原来，她可是写得一手好公文的哟，现在，她只是上上网。

公文，交给"副处"了。

她只是负责把把关。

我们单位的爷们，谁没喝过肖可玲的"处女茶"呀？

谁还能说肖可玲的长短呢？

我们单位的头儿没办法，说大家分分工吧，把肖可玲的工作平摊了。

分分工，就平摊了。

年底，单位要评先进个人。

也就是个形式。除了肖可玲和那个"副处"，我们都轮流坐过庄，看得也就淡了。

这次的先进个人，好像应该是"副处"的——虽然是个形式，也不能一点原则不讲吧？

头儿没表态。

但是，肖可玲却表态了。

她不再斟"处女茶"了。

头儿就把他的秃顶挠了又挠。

跑到上级单位，居然就申请了两个名额。

皆大欢喜。

肖可玲很感恩呀，有事没事的，就跟头儿套近乎。

嘿嘿，看来是准备献身了。

我们都为头儿高兴。头儿刚到四十，老婆早就离了，现在，有肖可玲投怀送抱，也算是枯木逢春吧。

头儿可能也有那么点意思，整天秃脑门油亮亮的，好像刚从饭店里出来似的。

我们就怂恿头儿请客。

头儿很慷慨，居然真的请了。

在饭店里，头儿要肖可玲斟"处女茶"，有人就不喝了，说肖可玲也是个"副处"。

头儿连喊冤枉。

头儿背地跟我们坦白说不是他没那个想法，他都快急疯了，可是肖可玲不肯。

肖可玲非要等正式结婚那天才给他。

我们又都吃吃地笑，说想不到这小妖精还这么够意思，给咱们多留几天喝"处女茶"的口福。

大家都知道了，也就不算什么秘密了。

我们头就不好让肖可玲只斟"处女茶"了，该干什么，还让她干什么。

有客人来，肖可玲也不好使小性儿了，欢欢喜喜地放下手头的活计去斟茶。

甚至，有一个到上级部门去工作的机会，肖可玲也主动让给了"副处"。

肖可玲多少也是有背景的人，有时候，也能帮上头儿的忙。

我们头儿真是爷们呀，他只让肖可玲帮着牵个线搭个桥，别的，什么都不让肖可玲知道。

人事变动时，头儿也平调到另处一个部门任职了。

我们都让头儿把婚事办了再走。

头儿说好呀。

过几天，让人送来了请帖。

那时,"副处"已经是上级部门的办公室主任。

请帖上,写的是头儿和"副处"两个人的名字。

底 气

我们这里地理先生可不是学校里教地理的老师,人家,望得见地气。

丧家出大价钱请来了他们,其实是请他们选打"井"的地方——"井",就是挖好并且暂时还没有棺材下葬的坟地。

师傅做了多少年地理先生,望到过多少回地气,可是呢,当徒弟三胖子掏他嘴里的话时,他却说不上来个子丑寅卯。

是呀,这么多年,其实他也说不出是怎么知道随便一指的地方就恰好有了地气。

比如他随便指一个地方,说这里有地气,下三锹深,会掘得一根芦苇。

果然就能挖出了一截芦苇根,嫩得像笋,白得像玉。

再比如他随便一指,说这里有地气,下三锹深,会得到一条蛇。

果然就能挖到一条蛇。

芦苇根、蛇,这些都算是活物,它们愿意居住的地方,肯定就有地气,死人埋在这里,可以庇佑子孙的哩。

师傅一开始跟师傅学这门手艺的时候天真地以为地气应当写作"地汽",他自作聪明地给丧家找过几回地汽,都得到了师傅的认可。

师傅的师傅问他是怎么找到的，他就煞有介事地说土地含水不同，这些水分被太阳蒸腾到空气中有细微的变化。

这些，他的眼睛能分辨得出来。

师傅的师傅当时就叹一口气：你小子，别自作聪明啦，地气，不是地汽。

但到底是什么，师傅的师傅也说不清。

看地气的地理先生们的眼睛可是一点用处也没有，他们会用脚去感知土地的灵性——地气，或许就是土地的脾气，或许就是土地的灵性。

哦，是这么回事呀。

后来，当师傅双目失明的时候记起他的师傅说过的这句话时，默默地在心里鞠了一躬。

师傅说得太好啦。

师傅给人看地气，哪一块土地什么脾气，他的那双穿了布鞋的脚可是瞧得准准的。

性子太烈的地不适合埋死人，性子太柔的地也不适合埋死人。

适合埋死人的地，那还得看死人的脾性，得让死人和这块地相互接纳。

这样，才会有益于子孙。

严家的老太爷死了，杨海林就给他家看过一块好地。

严家当时请了好几个地理先生，师傅选中的这块地，地理先生们没看出那是块好地。

师傅笑笑，他那个时候已经双目失明了，可是他敢肯定，向下挖三锹，会得到一个磨盘，掀掉磨盘，别人才会看出是块好地。

地气，被这个磨盘遮住啦。

严家叫人一挖，哟，果然挖出一盘磨，磨底下，竟是一处泉眼。

这些书本上是学不来的，主要，得靠脚对土地的感应。

三胖子是个喜欢琢磨事儿的人，他可不想一直跟在师傅后面做小工，有时候，他也会主动给人家望地气。

哪里哪里，卧着一个芦苇根，这根芦苇是东西向的。

哪里哪里，盘着一条蛇，蛇头是向南的。

你还别说，这些，他都说得准准的。

一开始是师傅沉默不语的时候他抢先说的，声音小得只有师傅听见。

师傅点点头，然后他才会大声说给丧家。

背地里，师傅问他，你怎么看得到地气的？

我猜的呗。

师傅就叹口气，你呀，还得跟我学。

跟师傅出去看地气，一猜，还准。

有人就怂恿他：地气，都是你望出来的，你师傅，是白拿了望地气的钱。

可以散伙啦。

是呀，主家给得再多，望地气的钱，也只能算一份，每次都得和师傅分，凭什么呀？

又一次给丧家望地气，三胖子就缄了口。

师傅沉默了半天，问：三儿，你看出什么来了没有？

都望了好几个地方了，师傅很着急，看得出，师傅开始依赖他了。

可是三胖子说没有，他其实已经看好了一个地方，可他就是说没有。

地理先生们这碗饭可是不好吃，丧家只能提供有限的几块地，你得从这几块地中选出一块最适宜安葬的。

说没有，那是不可能的。

师傅有些着急，后来咬了咬牙，指着脚下的地说，就这里吧，下锹三尺，会有只蛤蟆。

结果没有。

失手了，师傅自然是混不下去了。

三胖子做了地理先生。

第一次独自给人看地，三胖子心里很得意，而且这次的地气他已经望出来。

就在他准备叫人挖"井"的时候，师傅来了——这个死人是师傅的一个故人，师傅其实是来吊唁的。

看见师傅，三胖子一下子慌了神，揉揉眼再望那块地，地气，好像没有了。

挖出来，也没有。

师傅没说什么，转身走了。

晚上，三胖子来到师傅的住处：师傅，徒儿学艺不精。

没什么，我给人望了几十年地气，最后不还是出错？

我一开始望得好好的，怎么会突然没有了呢？

三胖子的意思，是怀疑师傅不满他单干，存心，坏他看到的地气。

这和我那次看走了眼是一回事。

因为我们没有了底气。

没有了底气，做什么都不会成功的。

假 画

画院的刘慈先生喜欢画兰，在画廊里卖得也很好，一卖得好，他的兰花就有人模仿。

刘慈先生不怕人模仿。

起先一些画廊挂他的兰花出售的时候会顺带着捎几张别人模仿的画作，刘慈看见了，笑笑。

买画的人比他还内行，把他的风格吃得准准的，虽然真真假假挂在一起，可是那些模仿的画儿总是没人买。

刘慈就开玩笑，对画廊的老板说："要不，我给你的假画上题几行字？"

画廊的老板做梦也想不到刘慈会这么慷慨，当下捧了笔墨过来，刘慈就捺笔伸纸，写上"刘慈鉴定真品"或者"刘慈作画并书"字样，盖的图章也是他平时所用的，可是呢，仍然没有人向那些假画伸手。

有时刘慈也奇怪，会伸着个脑袋问那些买画的人：这张兰花很好嘛，为什么你会认为不是刘慈的作品？

买画的人就笑，说刘慈先生作画有个习惯，就是从不用相同的笔法作两幅画，比如你现在指的这幅，兰叶是中锋运笔，显得挺拔坚劲，可这是刘慈先生一个月前的风格。

刘慈心暗暗点头：这些买家可是鬼精得很，有时候对一个画家的了解程度可能超过画家本人。

刘慈是个好玩的人，既然买家这么说，那么好吧，为了让这件事更好玩，刘慈索性模仿起自己以前的画作。

买家进了画廊一看，哟，刘慈又玩起中锋了，好好好，这件我要了。

刘慈就奇怪，躬着腰过去：刘慈的笔法常常会变，他不会用同样的笔法画两幅画。

买家不屑地笑笑，这幅画里有刘慈的气，我不会买到假画的。

气，什么气呀？

刘慈把自己的画和别人模仿他的画放到一起比较，他看不出有什么不同。

买家也认出刘慈了，他笑笑，先生作画，头脑中不会考虑买画的人会不会认为是假画，所以每一个笔都显得气定神闲自信满满，可是做假画的人呢，他画每一笔都会想到买画的人会不会生疑，尽力做到笔笔到位，但却笔笔没有先生画作的神气。

照买画的人说法再看，真画假画果然很分明。

做假画的人刘慈也认识，是美院的一个高材生，但高材生不认识刘慈，刘慈就托人买下画廊里的那些假画，碰到自己不喜欢的人上门索画，刘慈就用这些假画打发人家。

索画的人要么是做官的，要么是准备送给做官的，这些人也不好糊弄，人家拿给懂行的人一看，就看出苗头来了：刘慈家里没有真画，要想得到真画，还得去画廊。

我说过刘慈是个很好玩的人，他替这个高材生担心起来，跑到他家，对他说：你的画，缺少一种气。

高材生叹一口气，给他看一些没有题款的画，看过了，朝刘慈鞠了一躬：我的这些画，没有你说的气吗？

刘慈一幅一幅地看下去，画得真好呀，可是你为什么不题上款拿到画廊里卖呢？

高材生苦笑笑，人家认的是你的"气"不是我的"气"呀。

哦。

刘慈想一想，看来这个高材生比买画的人还了解买画人的心理。

回到家，刘慈开始一心一意地描摹起高材生的兰花来。

虽然题的是高材生的名字，可是，买画的人还是知道是他刘慈画的。

这就奇怪了。

高材生仍然苦笑：一点也不奇怪，仍然是你画里透出的"气"被他们看出来了——你衣食丰足，作画纯粹是排遣兴致，而我呢，我的画里纯粹是被生活所逼的烟火气。

高材生不再作画，他退了学，搞起了广告公司。

起先很艰难，可是过了艰难的日子后，生意就有了起色。

高材生现在不是高材生了，人家也算得一个成功人士了。

成功人士去拜访刘慈，他拿出一大笔钱，要购买刘慈收藏的自己那些没有题款的画。

可是刘慈一幅也没有卖。

刘慈生了一场很难治的病，花光了积蓄，老婆看看往后的日子没什么指望，竟然一句话也没说就走了。

你不需要这些画了呀，躺在床上的刘慈笑嘻嘻地说。

可是我需要呀，那些烟火气会让我觉得这就是人生，会让我增添活下去的勇气。

尊 严

你知道我在乡下教过书。

那是我生活得最泼烦的时候,那所学校是一个刚刚成立起来的初级中学,只有两个年级,56名学生,老师和学校的领导加起来才五个人。

这个学校属于帽中,戴帽子的中学,小学是主体,中学是帽子。

既然是顶帽子,还是刚戴起来的帽子,可想而知它的条件有多艰难。

上课时心不在焉,闲下来,就躲起来看值班室里的一部黑白电视。

要么就凑在一起打牌。

我只有高中毕业,是过去的一个老师推荐我来的,他的意思是我在家待着也是待着,虽然来这里代课没有多少工资,但总可以透口气吧。

在家待久了,会憋出病来的。

就来了。

来了以后才后悔:还不如不来呢。

学生都是别的学校选剩的,而且家长好像对他们的前途也不抱太高的期望,他们的想法,也只是混一张毕业证书,为出去打工提前做点准备。

我教的班里有一个女生，叫汪紫叶。

瘦瘦黄黄的，像遗弃在田里的一片荠菜叶。

都过去半学期了，我才知道她居然有这么好听的一个名字。

每一堂课，她都安安静静地听。

我心里就发笑：我，能教给她什么呀？

别人，又能教给她什么呀？

我估计她应该能悟到这一点，可是她为什么还是这样认认真真地呢？

我一直没注意到她是有残疾的。

直到她爸爸给我写了一封信。

我说过这是一所乡下的中学，学生，都是附近乡下来的，也就是说他爸爸其实没必要写信的，说不定，我会在回家的路上遇到他的。

之所以选择写信，可能是不愿意到学校来吧，或者，在回避某些我无法理解的事情。

信上说她女儿在上学或放学的路上总是被几个男生欺侮。

她出生的时候是冬天，很冷，她的母亲就在她的襁褓里包了个空药水瓶子。

里面灌满了热水。

这种瓶子遇到热水会裂的呀。

果然不久就裂了。

汪紫叶的腿被烫伤了。

到现在，走路还不利索。

呈外八字形。

一摇一摆的，像只鸭。

虽然教不好书，但这样的事，我还是愿意管一管的。

汪紫叶的家和我的家不是同一个方向。

我有时跟在她身后，也没碰到她爸爸说的那种事。

可能是出于对残疾女儿一种本能的担心吧，我这样想，不再理会那封信。

但是在课堂里看见汪紫叶那虔诚的样子，我再也不敢随随便便应付。

有一天早操课，所有的同学去操场上排队。

我在窗子后又看见了汪紫叶，她也看见了我。

她微笑着，很好笑地迈着鸭子步。

我发现两个男同学拍拍她。

她一愣，回过头去。

那两个男同学歪开脚，模仿她的八字步。

太气人了。

我冲出去，一把将那两个男同学推倒。

薅住他们进了办公室。

这两个男同学真够坏的，硬说自己没有模仿汪紫叶走路。

因为当时人很多，而我的注意力一直集中在这件事上，竟然想不起来当时谁在目击现场。

校长怪我太轻率，当着那么多的人殴打学生，哪像个老师呀？

后来不知怎的这事就传到了文教办。

派了两个人来处理。

问汪紫叶：你确定那两个男生模仿你走路的样子了吗？

汪紫叶低下头，咬了咬嘴唇，说，没有。

那两个人不相信，说他们也没拍过你？

汪紫叶低下头，咬了咬嘴唇，说，没有。

当时没有任何人拍过你然后模仿你走路?

汪紫叶低下头,咬了咬嘴唇,说,没有。

晕,怎么会这样?

我说汪紫叶你好好想想,我会受到什么样的处分这不要紧,关键是你作为当事人得给我一个公正的说法吧?

汪紫叶的眼泪就下来,但是她还是没有说出事情的真相。

她只是说请老师相信我,我能处理好自己的事。

这件事就这么不了了之,学校只是提醒我以后要注意处理事情的方式,又因为谁也不愿意出来做举报人,文教办干脆冷处理,当作不知道。

——因为那时候找个便宜的代课教师实在太难。

但我还是决定离开这个学校。

后来我成了一个作家,还在一家杂志社做了编辑。

我早忘了这件事。

但最近那个班的学生凑到一起,要举行个联谊会。

并且想到了邀请我参加。

去吧,我想看看那个汪紫叶。

想不到,这个联谊会就是汪紫叶和她的爱人筹划并出资的。

她的爱人,就是当初模仿汪紫叶走路的男生中的一个。

两个人,办了个小小的公司,虽不是大富,但看得出来过得还算滋润。

联谊会结束后,汪紫叶和她的爱人恭恭敬敬地向我鞠了一躬。

感谢我当年为了维护汪紫叶的尊严所做出的牺牲。

我也恭恭敬敬地给他们鞠了一躬。

但我不明白我给他们鞠躬是什么意思。

等 待

又到年底了,朋友陈秀荣带着我跑杂志的发行。

陈秀荣在教育局上班,而我这次跑的,都是学校,因了他的面子,所以,还算是很顺利的吧。

傍晚,他把我带到了一个乡镇:博里。

这个地方,农民画很出名。

但我又不是画家,而且,我是有任务在身的,很遗憾,可能没有机会参观了。

校方很热情,交了订刊款,非要留我们吃个便饭。

那时还没放学,校长让一个会计陪我们去饭店打牌。

便去打牌。

我们这地方打牌的方式叫"掼蛋",是两副牌合在一起用的,具体的方法,我就不知道了。

很流行,每个饭店的小厅里,都有一张供打牌的小方桌。

我们这里还有一句使用频率极高的俗语:饭前不掼蛋,等于没吃饭。

但我真的不会,他们失望了片刻,撇下我,很快找来了饭店里的一个服务员凑够了人数。

假装很有兴趣地"相二层"(相是看的意思,相二层,就是在旁边围观），可是我真的一点兴趣也没有。

好在这是个大镇子，热闹得很。

我装着去洗手间，想出去转转。

看见一间小小的门脸儿，门口的招牌写的是"潘再青精绘中堂"。

我当时伸着个脑袋往屋里看，看见一个四十多岁的女人把声音拧到最大看一部港台肥皂剧。

对面，是一个头发很长的老头子躬着腰在宣纸上一笔一笔地描着什么。

想必他就是潘再青了。

我这个人比较内向，想了半天，觉得还是不唐突人家比较好。

走回来，伸着个脑袋往屋里看，那个女人还在看那部糟糕透顶的肥皂剧。

对面，是一个头发很长的老头子躬着腰在宣纸上一笔一笔地描着什么。

想了想，还是唐突一下比较好。

这样的环境，这个老头子居然一心一意地画他的画，我觉得有必要唐突一下子的。

在工作台前站了半天，那个老头子也没抬头看我。

他是在给一幅《仕女图》着色。

这是一幅没有新意的工笔画，但仕女头上的插着一支很沉的簪，手里拿的却是一把鹅毛扇，凝重与轻柔呼应，倒也值得一看。

脸画得不是太好，但是衣带回环曲，衣服上的花纹细密精致。

我并没有买的意思，我说："这个，你卖吗？"

他头也没抬一下，说："不卖。"

我很好奇：开着门脸，难道不做买卖？

"为什么不卖呀？"

"因为在本地卖不上价儿，白白糟蹋了我的画儿。"

"那么，你的画都在哪里卖呢？"

他说一般都送到上海或浙江去卖。

不会吧，难道我一不小心，竟遇到一位大师级的人物？

也是想杀杀他的锐气，我说你看，你用的印章很一般，线条板滞、不生动；印泥也不像是八宝的，虽然红，但不清亮；题款用的墨更不行了，体现不出书写者的思想。

他愣了一下，又慢慢地将手中的笔在水盂里洗净。

突然朝我一抱拳："先生是何方神圣？"

我晕，这就成了他眼中的神圣？

索性把这个玩笑开大点吧。

我说你先别管我是谁，你不妨再听我说两句——你画的是工笔，既然是工笔，那就得讲究细节，诗书画印，一样也不能马虎，而你这张中堂，我觉得只有画好。

他听出了弦外之音，疑惑地说，你是说我的诗和字也不好？

我说你的诗都是抄古人的，当然不好，而你的字，不需要我多说了吧。

他叹口气，说我得为你画一幅画，不钤印，不写字。

我笑笑，这个人，刚才我说买他还不肯卖呢。

正有一句没一句地聊着，陈秀荣打来电话了，说人家校长早到了。

赶紧去了饭店。

吃罢饭，刚准备坐车回去。

黑暗中走出潘再青和那个看肥皂剧的女人。

手中，是他刚画的一张画儿。

请先生收好这画，等我的字和印有起色了我一定去补上。

他郑重地说。

和我一起吃饭的校方当然有认识他的，有人就开始拿他打趣。

他却不理这些人，朝我鞠一躬，头发很可笑地一甩。

走了。

回去给懂画儿的一个朋友看，他一听说是潘再青，当下就笑了。

说潘再青充其量也就算个画痴，虽然痴于画几十年，但他的画在圈子里是排不上号的。

给上海和浙江人供画倒是不假，但不是画廊里要——那里的人死去，子孙们希望他能在阴间使奴唤婢，便会买潘再青画的这些仕女，留待祭奠的时候烧化。

我叹口气，恭敬地请人把这张画裱好。

怎么，你真的留着收藏？

有一次陈秀荣到我的书房来玩，诧异地发现我的墙上挂着潘再青的画。

我说我等着他来补上字和印。

他肯定会来。

鉴　宝

沈先生是学院里的教授，研究外国文学的。

到过的地方极多。

从年轻时他就有个习惯：只要是到了外地，总喜欢抽时间去古玩市场转转。

到现在，他的书房里塞满了各种各样的玩意儿，有陶瓷，有青铜器，有玉，有石，还有各种版本的古籍。

当地晚报给他开了个专栏，让他每周交一篇千字文，介绍他的这些古董。

沈先生收藏的数量不少，可是他一直没有专门地研究过，所以有些东西他不是吃得很准，他的这个专栏更多地写的是淘到这时玩意儿的过程和乐趣。

在晚报发表时，报社派了一个专门的编辑来给他的古董拍照。

来拍照片的编辑是个女的，叫秦素娥。四十多岁，脸上过早地留下了岁月的痕迹，但是拿相机的那双手却极白。

第一次登门的时候，沈先生握过她的手，这才知道不但白，还细，还软，滑如绸，软如绵。

来的次数多了，沈先生看得出来，这个秦素娥看他时的眉眼越来越活泛了。

沈先生也有点喜欢这个秦素娥。

沈先生的妻子很早就去世了，现在儿子大了，在另外一个城市工作，找来做老婆的又是第三个城市的姑娘。

回来的次数可想而知有多少。

这个秦素娥呢，早几年也离了婚，因为她结婚早，所以现在年纪虽然不算很大，可是她的女儿也已经结了婚。

两个人暗生情愫，好像也很正常。

但是沈先生是个温吞性子，虽然知道秦素娥和自己都有这个意思，却一直不愿意捅破这一层窗户纸。

他的专栏都开了半年了，每周，秦素娥都过来拍照。

来得次数多了，有时就试探着带点菜来，或者，试探着给他买点牙膏呀肥皂呀什么的日用品。

看沈先生反应不是很强烈，她就知道沈先生没有把他当外人。

秦素娥是个很有分寸的女人，她把自己和沈先生的关系处理成一种大于朋友又小于情人的状态。

这种状态，拘谨的沈先生可以坦然接受，她也可以坦然地表达自己对沈先生的好感。

沈先生有个大罐，上面彩绘的是一树老梅，梅下却又有一对交颈而眠的鸳鸯。

看釉色，看胎质，看器型，都是乾隆的。

秦素娥也喜欢这个大罐，有一次她从博古架上取下，果然看到底下写的是大清乾隆的款。

可是我总觉得这个罐有什么地方不对劲。

沈先生说，有好几次，他想动笔写写这个大罐，可是到最后，又都放下了。

鸳鸯是近水而栖的，怎么会跑到梅花底下呢？

沈先生说。

这是个民窑出的罐，民窑的彩绘图的就是个热闹和喜庆，一般不太计较画面搭配是不是合理。

后来沈先生才知道，这个秦素娥，还兼着一个古玩协会的副理事的闲职。

有时候，秦素娥也会带一点自己收藏的东西来和沈先生交流。

有一次，带了个钧窑的笔洗，沈先生看了半天，认定是个好东西。

秦素娥就不露声地笑笑，说这个东西我收了好些年，感觉釉下得太硬，不太像钧窑的特点，沈先生你要是认定自己不会看走眼，我想换您那个大罐。

沈先生笑笑，那个大罐，他一直不敢断定它的真伪，现在秦素娥提出来交换，他还真拿不定主意——如果真的是个赝品，他会觉得过意不去的。

这件事发生在沈先生开专栏一年之后，虽然沈先生没有明确表态，但是秦素娥已然把自己当作未婚妻看待了。

给沈先生做了午饭，留下那个笔洗，硬要取走那个大罐。

沈先生找了些报纸把大罐包好，送出学院的大门，又不忘对正往三轮车里坐的秦素娥说，我们的这次交换是不作数的——你随时都可以取回那个笔洗。

一晃，两年过去了。

沈先生出了一回差。

秦素娥忙前忙后地为他张罗了一大堆东西。

沈先生嫌烦——也就是一星期时间，哪需要带那么东西？

可是秦素娥说这些东西也不要他提着，还是多准备点好。

那个大包，秦素娥帮他塞进车厢。

看着她忙碌的身影，沈先生想，回来后要好好跟儿子谈谈他和秦素娥的婚事了。

到外地开了几个讲座，别的时间，就在宾馆里看电视。

虽然在外地，沈先生还是想看看他那个城市的卫星频道。

有一天晚上，沈先生忽然看到中央电视台寻宝栏目组到了他生活的那个城市录制节目。

他看见了自己的那个大罐。

沈先生睁大了眼睛。

专家看了半天，鉴定为真品。

一个年轻的姑娘眉眼儿很像秦素娥的样子，她是持宝人，逼着专家问能值多少钱。

沈先生忽然觉得很没意思，他关了电视——以前，他很喜欢看这类节目的。

过了没多久，沈先生的手机滴地响了一下。

是秦素娥发来的短信，告诉他那个大罐是真的，很值钱。

沈先生看也没看，就回过去一条短信：我收藏那个大罐，只是因为喜欢，这么多年一直没想过它能值多少钱。

想一想，他又发过去一条短信：报纸上的专栏就不开了吧，我累了。

仪式的完成

我的一个叔丈死了。

送孙子上学的路上出的车祸。

孙子毫发无损，他却被撞了个稀巴烂。

家里人呼天抢地，可是有什么用呢？人，还不照样是个稀巴烂？

闹腾够了，事故处理所的人把双方的责任讲清楚，断给他家里人十六万。

一条人命当然不能用钱的多少来衡量，但至少是个安慰吧？

因为死得惨，家里人就想在安葬他的时候风光一点。

也算是给死者一个交代。

要土葬。

我们这里，丧葬都改革了许多年了，到哪里去找会打棺材的人呀？

费了不少周折，居然找着了一个叫王枚的老人。

很早的时候，这个王枚开着棺材铺，而且，他还精通一门"拿材"的手艺。

从打棺材开始，到棺材落地安葬，所有的关目他都会做。

叔丈的尸体虽然稀巴烂，可是也得火葬，落下一把骨灰，浩浩荡荡地捧了回来。

供在灵堂里。

我看见王枚了，他坐在院子里的一片太阳地里闷着头劈一截木头。

院子里有鸡，有鸭，有在人的裤裆里钻来钻去的狗。

有许多人。

王枚的两只眼睛浮肿着，可是他一点不受外界的干扰，一斧一斧，大致劈出个人的头颅。

脸是光的，没有眼、鼻子和嘴，王枚用一张放大的相片贴上去。

拍拍这个木偶头，王枚朝太阳地里吐了一口老痰，一星粘粘的唾沫挂在嘴边，亮得耀人的眼。王枚说，老哥（其实我的叔丈才五十九，论年纪，好像没有王枚大，但我们这里讲究个"死人为大"）你就放心吧，睡我的棺材，请我来给你拿材，是你的后人们有心，是你的福分呢。

说罢又吐了一口老痰。

那口棺材在灵堂里放着，我凑过去望望，油光锃亮，内瓤里散发着木头的腊肉香味。

——居然是腊肉的香味？

看出门道来了吗？

王枚问我，两个眼睛浮肿着，亮晶晶的像两条老蚕。

他用粗糙的手比画着尺寸，告诉我什么样就是一口好棺材。

我哪里懂呀。

看样子，这个叫王枚的老人很想跟我讲讲关于棺材的斤头。我这个人，对什么事情又都感兴趣，可是旁边的人不感兴趣。丧主家的孝子拿着哭丧棒对着王枚一跪再跪，说我的叔丈在事故处理所待了几天，又在太平间待了几天，可能很累了，得快点让他在棺材里躺下来。

王枚叹口气，开始拿材。

拿材，就是打理和棺材有关的一切事务。

棺材一般是一头大一头小，大头朝外小头朝里，尸体也得头朝外脚朝里地摆。

他先用火纸夹着在火葬场碾碎的骨头搓成卷——算是死者的骨骼——然后，拿来叔丈生前穿过的衣服，铺开来，按照人的身体结构一块一块拼好。

然后，把这些衣服的扣子一个一个扣好。

木头做的脑袋，也稳稳地摆好了。

像一个真人的样子。

让主家验收。

哪里要验收呀，我的叔母一看见叔丈的遗像就会晕厥过去一阵子，再让她来看这个，还不出人命？

孝子又拿着哭丧棒过来请他支棺材里的帐子。

他不肯。

帐子一支，就什么也看不见啦。

孝子哭哭啼啼，王枚一摆手，走了。

还是我的叔母看了眼王枚拿的棺，王枚才又回转来。

但我的叔母果然晕厥过去了。

请来了医生，掐人中，打点滴。

王枚叹口气，在死者了鞋底垫了一片糕，支了帐。

封棺是五根钉，东南西北各一根，中间一根。

中间的是喜钉，死者的儿子和媳妇要把孝服上的麻系上去，下锤时，王枚嘱咐孝子和他的媳妇：喊你爹躲钉子呀。

爹，你躲钉子呀。

孝子和他媳妇嗓子早哭哑了，说这话时声音怪怪的，让人想笑。

可是王枚不笑，一本正经地听着，直到满意了，才开始唱喜唱，落钉。

他的喜唱好像是嘱咐死者不要恋着家里，并保佑儿孙平安。

这很矛盾嘛，不恋家，还会保佑子女平安？

但王枚没看出来，他很早的时候就做这一行，一直到现在，也没看出来这个显见的错误。

我觉得这是个固执的老头，固执得有点讨厌。

棺材入土的时候他也得跟着，在坑底摆了糕和硬币，落了棺，按本地风俗，死者的铭旌儿得盖在棺材上。

他把铭旌儿反了过来。

这样的事情，主家一般都要请专门的人来操办。

操办事儿的是个懂行的，当下就吃了一惊。

王枚这一招，叫做"沤"。

沤什么？沤烟，沤喜钱。

管事儿的就说：这个死人没有女儿，为了发丧，是找他的侄女代替的。

又是横死的。

不算喜丧，哪里能沤呢？

铭旌儿就是一面长条形的旗，上面写着死者的生辰，是女儿和女婿做的，盖在棺材上，当然得沤女儿和女婿了。

王枚不管，按着铭旌儿不松手。

喜钱，能要多少？

我和妻子就是做铭旌儿的，喜钱当然得我们出。

妻子歪着脖子跟王枚讨价还价。

我碰碰妻子，算了，给他吧。

妻子说，不是这个礼，人家沤喜钱，不是真的图你几个钱，人家图的是你要给足他面子。

一点一点地加，一点一点地减。

我发现，所有的人好像对这事都很感兴趣。

王枚以一对众，满脸红光。

棺材是下午一点多送到地里的，直到天黑，才讲好了斤两，王枚，才把个铭旌翻过来，洒上酒，撒上米，好了，可以填土了。

我的叔丈死后不久，王枚也死了。

没什么大病，他有一天刚睡过觉，忽然对别人说，我这个手艺十几年没做啦，一直以为没有机会了呢，可是给棉花庄徐道明（我叔丈）做了一回，该知足啦。

我得走啦。

他心满意足地说。

他沤得的喜钱到最后只有五十元——就是他操劳三天的工资。

自己的生活

我姨夫醒来的第一句话是：我的拖拉机没撞坏吧？

那个时候，他刚出了车祸。

他开着拖拉机给别人拖货，因为疲劳，竟睡着了。

撞上了一辆汽车。

虽然出了车祸，他的拖拉机并没有坏。

我姨夫醒来的第二句话是吩咐他的儿子：我没事，你们忙自己的吧——我的拖拉机，你们用塑料布盖好，天冷，油箱会冻坏的。

我父亲当时就指着他的鼻子骂：财迷，你咋不被撞死了呢？

我姨夫是村里的首富，一开始靠一辆平板车在城里给人送货谋生，渐渐地，手里有了钱，买了拖拉机。

还是给人送货，赚的钱比过去多多了。

一个字不识，可家里的房在村里最大最多。

因为他排行第二，方圆几里地的人，不知道谁是杜洪贵，却都认识杜二爷。

也算是个人物了。

现在我们住的那个村被拆迁了，住进了农民小区。

因为他家的房多，分了两套房，还找回了一百多万。

他就一个儿子，虽然没上过大学，可也是个赚大钱的主。

哪用得着他的这些钱哟？

这么多钱，搁在他手里，哪辈子才能花完呀？

我的父亲常常这样替他担心。

有了这么多钱，他应该闲下来了吧？

可是一闲下来，他就觉得不舒服。

和我父亲在小区门口晒太阳，一晃，半天过去了，他悲叹一声：五十块钱没了。

一晃，半天又过去了。

他又悲叹一声：一百块钱没了。

第二天，开着拖拉机悄悄出去了。

他心疼那些没赚到的钱。

现在，出事了吧？

我的父亲很早就出去做木匠，后来手里还聚了一批人，成了老板。

可是现在呢，他只是乡村里的小糟老头，在太阳底下晒太阳，和老奶奶打牙撩嘴。

他早早就扔了他那摊子事。

我的姨夫常常替他叹气，要是你一直做到现在，该成资本家了。

我的父亲就笑，说你现在算是个资本家了，可是又怎么样呢，还不是为了赚人家那一百块钱出了车祸？

我的姨夫又叹口气，说那我把拖拉机卖了，反正我早就成资本家了，我就是十年前停了手，家里的钱，这辈子，也是用不清的呢。

我的父亲说拖拉机你还是别急着卖，说不定哪天你又后悔了呀。

果然没卖，放在车库里，用塑料布严严地盖好。

我父亲陪他出去散步，一会儿，我父亲要走一个早市的路就被他走完了。

我的父亲陪他跟老奶奶们打牙撩嘴,说骚情的话。

他憋了半天,选准一个目标。

打了半天埋伏,始终不敢说出来。

想一想,再不说半天时间又糟蹋了。

我姨夫不忍心。

鼓起个嘴刚要开口,那个老奶奶却转身走了。

我父亲的那张嘴,平时油腔滑调,人家习惯了,能分辨出他是开玩笑。

我姨夫那个样子,人家不以为他是个别有用心的坏蛋才怪呢。

郁闷了几天,他终于又开出了拖拉机。

这个时候,却没有人肯给他活干了。

他急白了脸跟人家吵:我才五十多岁,又不是干不动。

沙石场的老板跟他解释:您儿子赚的钱比我还多,我的爹,都被我养起来了。

您跑我这里来找活,这不是让你儿子做不了人嘛?

算了吧,您还是跟老杨去找老奶奶们乐呵去。

没了沙石场的事,他只好伺候家里的那点地。

为防止被征用,他在田里栽上树。

这样可以获得较高的赔偿。

原来栽的是小树,后来,有个单位愿意卖给他碗口粗的大树。

他一打听,征地的时候小树只给十块钱一棵的赔偿,大树,那是一百。

拖拉机来来回回地跑,拖来大树,密密地栽起来。

最后拖来的是一棵一人合抱的树。

太大了,他一个人栽不了。

动用了家里的所有人。

因为他的目的是为了征地，所以，栽得不是很深。

有一天他开了拖拉机去田里看树，在那棵树下刚坐下来。

那棵树倒下来，竟砸死了他。

我的姨娘哭得死去活来。

我父亲说别难过了，他这样死，他肯定是高兴的。

他用自己喜欢的方式生活，也用自己喜欢的方式死亡。

谈得来

谈得来其实一点也谈不来，至少，学校的老师们不喜欢他。

是我们乡下一所中学的校工。

家在城里。

我们学校的老师，都喜欢在城里买房子。

城里，离学校有三十里地呢。

一早一晚，骑个摩托车在路上狂奔。

中午，就在学校对付一下。

谈得来也这样，不过他不买摩托，开到学校来的是一辆马自达。后面，被他用白铁皮焊了个车棚，车棚里，也放了两排板凳。

那时这个地方去城里还没有公交车，一般人，都坐这种马自达。

这个谈得来够精明的，他来回要耗费不少汽油，可是马自达可以沿途载客，你看，油钱不要他出了，说不定还能赚几文呢。

老师们都有点眼红谈得来的这个创意,可是,谁磨得开这个面子呀?

于是作践谈得来,你,是给我们学校丢脸呢。

谈得来嘿嘿一笑,那,你让校长给我补助个油钱。

校长会理他?

校长的家也在城里,每天,也缩着个脑袋在路上狂奔呢。

而且,也没这个先例呀?

有一回,校长去乡里找人办个事,回来时,摩托车坏了。

那时,天都快黑了,路上很少有开马自达兜揽生意的了。

真巧,看见了谈得来。

上了他的马自达。

谈得来不肯走,那意思,还得再等会儿,说不定,能多带几个人呢。

校长不耐烦,说我回去还有事儿呢。

只好怏怏地走了。

到了地方,校长要下。

谈得来搓着手说他本来是不想要车费的,多等几个客,就会把这个损失补回来。

可是校长非急着要走。

谈得来说他知道校长会给钱,他又不好意思不要,得了,多少给点意思一下吧。

谈得来伸出满是油污的手。

校长还真没想到坐他的车要给钱,一摸口袋,没有。

谈得来急得不知怎么办好,他说校长你是知道的,我媳妇,就认得钱,要是没钱给她,她准不让我进门。

我先去你家凑合一宿得了。

谈得来的意思是把自己的晚饭解决了，多少算挽回点损失。

校长虽然四十多了，可人家是离异了好几年后才娶的一个媳妇，也算是新婚，新鲜气还没过足呢，哪肯让谈得来去胡闹呢？

校长说你等等，不回去吃晚饭，说不定你媳妇以为你去哪挣大钱了呢，到那时，你可能一星期也进不了门。

给家里打了电话，一会儿，校长的新媳妇来了。

递上来一张一百的。

谈得来一愣，按照这里的价钱，进一趟城，马自达的车费只有三块钱。

他哪里有那么多零钱找呀？

再掏一遍口袋，真的没那么多零钱。

谈得来搓搓手，笑笑说，我哪能真要你的钱呢，我是跟你开玩笑呢。

开着马自达嗡隆嗡隆走了。

就这样的一个人。

后来出了车祸。

他的那个马自达，在一个雨天载了十几个人，栽到路边的河里去了。

断了一条胳膊。

还好，车上的人都没事。

他那个马自达，报废了。

不久，市里在这条路上开了一条公交线路。

老师们不用骑摩托车了。

但谈得来还喜欢坐那些偷偷上路载客的马自达。

有时我们会从公交车明亮的车窗里看见他：一手紧紧地攥着板凳后的扶手，另一个空空的袖管在车厢外一晃一晃。

有时校长也坐，空空的车厢，就他们两个人。

比较而言，公交车准时但没有马自达方便，然而安全，也不贵。

谈得来和校长为什么喜欢坐马自达呢？

后来又出了一回大事，谈得来坐的那辆马自达又掉到河里去了，这一回，要了他的命。

遗体火化的时候，我看见那个女司机搂着谈得来哭得呼天抢地。

校长说，这个女人，是谈得来媳妇。

没有工作，一条腿，小时候就残疾。

熟　人

真的是件小事。

我和编辑部的车军准备去办医疗保险，可是我们不知道具体要准备哪些材料。

这个事，最好当然是到医保处去问问清楚。

可是我一去那样的地方头就疼。

总之手续很繁琐。

车军想了想，说医保处他有个熟人。

是个女的，还很热爱文学。

哈。

我说既然你认识就好办了，快去找她吧。

这样的文学女青年我是知道的，遇到会在破电脑上敲几行字的眼睛就发绿，更何况，车军说这个女的还敬过他酒呢。

本来车军估计他一个人就能把事情办妥了，可是那天他非摽着我一起去。

呵呵，可能是想让我去看看他是怎样接受女同胞的崇拜吧。

两个人，一晃一晃地去了。

上了四楼，车军伸长了脑袋在大厅里扫描了一眼。

他有点犹豫，可能，有点搞不清崇拜他认识的那个女青年是谁了吧？

我也伸头扫描了一下，真的，办公室后面坐着的女办事员不少，而且，好像都没有什么能让人一眼就分辨出来的特征。

两个人像个不良分子似地在每个窗口转了一圈。

还是没有认出来。

看来那天喝高了。

车军有些泄气地说。

算了，咱随便找个工作人员问吧。

我也有些泄气。

车军不说话，拿出了他的手机。

他的手机里有一百多个好友的电话。

王玉梅？

他摇摇头，记不清是谁了。

贾梦妮？

车军摇摇头，记不清是谁了。

麦蒂？李舒云？林招娣？

晕死，这些人，他都想不起来了。

不都是你的好友吗？

车军尴尬地笑笑，说我跟这些人肯定有过联系的，可是我怎么一点都想不起来了呢？

这些号码，也许都是在酒桌上记下来的吧？

还好，他找到一个"医保处"。

这个"医保处"肯定不是人名，是她的工作单位。

刚摁下号码，车军又挂了电话。

他说他忘记了这个女的叫什么名字了。

我晕，我说你不能婉转一点嘛，咱们写的那些狗屁，骗了多少编辑和读者呀，现在给一个女孩子打个电话，怎么反倒难住了？

想想也是。

这个时候，办公桌后的一个女青年看看自己的手机，用座机打来了。

就是她！

车军两眼放光。

喂，你好，我是车军。

你是谁？

短小说编辑部的车军。

哦，你认识我吗？

晕死了。

车军赶紧挂了电话。

两个人向那女的走去。

车军是一个葫芦头，这个造型，在我们这个小城还是不多的。

很容易被人认出来。

车军问那个女的，说我们想办个医保，不知要准备哪些手续。

车军故意把他的葫芦头晃来晃去。

那女的倒也热情，噼噼叭叭讲了一气，最后，还发了一张打印好的清单，上面，列出了需要的材料。

本来再去一次就能办妥的，车军故意漏掉一些材料。

去了五次。

都是找那个女的办的。

每次，车军都故意把他的葫芦头晃来晃去。

那女的愣是没认出来她曾向眼前的这个人敬过酒。

太没面子了。

后来有一次和车军去一个朋友那里喝酒。

人很多，喝着喝着就高了。

一个人很亲密地搂着车军去窗口说悄悄话。

车老师！

忽然，一个女人举着酒杯走过来。

我一看到你的光头就认出你来了。

那女人兴奋地说。

我也认出来了，这个女人，就是医保处的。

刘丹！车军脱口而出。

我一直留着你的手机号呢。

车军掏出他的手机，摁那个医保处给她看。

我也有你的手机号。

那女人也把自己的手机翻给车军看。

真不容易，今天，就遇到你一个熟人。

两个人感慨着。

小小鸟儿

高大壮其实并不高大,也不壮。

瘦瘦的,像一棵发育不好的豆芽。

他自己说,要是有一阵风,准会被刮得没了影。

想得挺美,他的个子太矮,就是刮了风,风哪里会找得着他?

我认识他时,他正跟着一个摄制组做着道具。

腰里别着钳子,屁股后挂着长长的一串零碎。

笑嘻嘻的。

其实他也不算个道具,只能说是帮真正的道具打打下手。

——他是河北一个农村里的,真正的道具是从他们那里出来的,有拍片的活,就把他叫来了,让他挣挣俩小钱。

算是个农民工。

现在,他们正在浙江的一个影视基地拍一部关于唐伯虎的片子。

搞笑的片子。

他,其实是不必看剧本的。

需要什么样的东西,真正的道具会想办法,然后说给他,让他找什么样的材料,怎么做。

别人吃饭很慢,他呢,三两口就把盒饭搂进嘴里,灌一气儿冷水。

好了,一顿饭对付过去了。

手在衣服上揩揩，伸向真正的道具。

真正的道具就撅起半边屁股。

他的裤子上有一个口袋，口袋里，塞着剧本。

一边看，一边笑。

咱拍的这个戏，肯定火。

他说。

剧本里有一个镜头，是说祝枝山这个人邋遢，衣服好多天也不洗，后来，住进去一对鸟儿。

这对鸟在里面做了窝，孵了蛋。

祝枝山把衣服穿上身，最后在裤衩里掏出了一只没毛的小小鸟儿（雏鸟）。

高大壮就喜欢看这一段，一边看，一边笑。

说咱这部戏，亏编剧想得出，太搞笑了。

肯定火。

有时他也想过去跟编剧套近乎。

可是编剧长着一把大胡子，老是抽烟，虽然能写出这么搞笑的剧本，却总是冷着个驴脸。

高大壮不敢过去，就在心里盘算：这一段可是我最喜欢的，我得准备最好的道具。

剧情中需要的小小鸟去哪里找呢，虽然这里是江南，一年四季都很暖和，可是现在毕竟是冬天呀。

林子里虽然有鸟，树上虽然有鸟窝，可是鸟不会在这个季节孵蛋呀。

更不会有小小鸟了。

没事儿，到时候，真正的道具会让他做出个小小鸟儿的。

他觉得真正的道具就像个魔术师。

真正的道具吃完盒饭，吩咐他，不管你想什么办法，下午，必须给我弄几只小鸡雏来。

小鸡雏并不难找，他在小街转悠了没一会儿，就打听到炕房的位置。

买回来十几只鸡雏。

淡黄的小嘴叽叽地叫着，很招人爱。

淡黄的茸毛蓬松着，比小小鸟儿大多了。

真正的道具很满意，发给他一把电动剃须器。

让他把鸡雏身上的茸毛全部剃掉。

虽然是在江南，高大壮还是情不自禁地打了个寒战。

都剃掉？

都剃掉。

它们会不会冻死？

虽然江南很少有结冰这样的事，可是冬天的气温毕竟不是很高。

这个，我不知道。

真正的道具说。

真正的道具说你抓紧吧，一会儿，还等着用呢。

可是，剃掉了这些茸毛，也许鸡雏们就会冻死的呀。

哎呀你管那么多干嘛，拍完戏，这些鸡雏就扔掉了。

能不能，用别的道具——比如咱们可以用布缝一个小小鸟儿，在里面装上发条，保证它也能动，后期再配上音，像真的一样。

多剃几只备用。

真正的道具没理他，拍拍屁股走了。

那个下午，我发现平时很喜欢和我聊天的高大壮一句话也没说，在阳光很好的墙角一心一意地打理他手中的鸡雏。

淡黄的茸毛像满含着心事似的，这里飞飞，那里飞飞，始终不肯落下。

这段戏一结束，高大壮就去找那个真正的道剧。

说他想回家。

熊样，这才几天，就想家了？

我说过，真正的道具是他的同乡，这样的身份跟他说话，肯定是很随便的。

但最后还是让他走了。

带着那几只没了茸毛的鸡雏。

我叹了口气，这些鸡雏，他能养得活吗？

迷　失

写了这么多年，发表了近千篇小说，出版了七八本书，得过几个说得过去的奖，可是呢，仍然在一个小杂志社做编辑。

没有编制，苦劳是自己的，功劳是别人的。

我的一个朋友呢——也许只是我的一厢情愿，人家不一定当我是朋友——他当初是跟我一起闯江湖的，现在，人家已经到市政府办上班了，虽然是借调，可是我感觉，凭他的本领，离真实任命是不会太远的。

虽然人家不一定认我是朋友，但我还是为他高兴——你想想，如果到我儿子需要找工作的时候，或许他会升得更高，要是那时我能找得着他，我儿子的工作是不是更有一分把握？

尽管我儿子才上高一，可是我还是为他高兴，而且是发自内心的。

一高兴，我又打开电脑写那些只能值几十块钱的小小说。

这个时候，我的电话响了。

是个女人打进来的。

女人喊我叫哥，说她在今世缘宾馆，想见我。

都晚上十点多了，我问这女人：你是谁呀？

她说你叫杨海林对吧？

我说对。

她说你该记得我的。

我妻子正和儿子在卧室里看电视，我心里一紧张，对他们撒了个谎，说出去有个事。

找到那个宾馆，敲开了门，我的一颗心才安定了下来：这个女人，我真的见过。

我的那个朋友，原来在外地一个文化部门打工，人家跟我们主编在一起开了几次会，就被市政府当作人才招回来了，分在我们杂志社，是有编制的。

他到这里没多久，我们当地文坛一个说话有点分量的人就给他介绍了女朋友，他结婚的那天，这个女人找到我的办公室——我跟这个朋友，是一间办公室。

她是我那个朋友在外地的情人，他们同居了好几年了。

很显然，这个女人听到我朋友和别人结婚的消息后一下子六神无主了，她从我朋友原来打工的那个城市跑了来，她不相信这是真的。

临走的时候，她仍然不相信是真的。

她觉得，我的这个朋友肯定有苦衷。

这个女人走后，她留给了我她的 QQ 和电话。

时不时地，向我打听他的任何一点细节。

虽然我一直反对别的小小说作家想当然地在作品里把官场说得多么黑，但我的这个朋友结婚后果然离开了杂志社，被借用到市政府办公室。

本来我跟他就很少联系，现在，更没有联系了。

可是这女人却不断地纠正我道听途说的关于他的信息。

看得出来，她恨他的妻子，却仍然爱着他。

所以她问我时，我就顾左右而言他——我的直觉，如果我说出我对他很反感，她可能会说给他。

做不了朋友，也别做仇人，对吧？

这个朋友借了女人两万块钱，说是活动活动，准备回到女人的城市，准备回到女人的身边。

准备和现在的女人离婚。

准备和这个女人结婚。

借出了钱，这个女人仍然没清醒，她今天到我们这个城市来，本来是满怀歉意的——对他现在的老婆——但她看到了他和他的老婆，还有他们的孩子。

他们看起来很甜蜜。

他是个骗子。

在宾馆里，女人清醒过来，满眼寒光：我不会让他好过，我要报复他！

女人跟我商量怎么报复他，我一直三缄其口，我劝她：给不了他幸福，就给他祝福吧。

如果他真是个骗子，那你该高兴才对，因为你现在看清楚了。

女人说你不知道的，他对我做的什么我都可以原谅。

我不能忍受的是他这种人竟能得风得雨，左右逢源。

女人痴情起来会成为最傻的傻子，不痴情的时候就成了最高明的侦探。

女人说他借我两万块钱并不是想调回去，他一定是想活动一下正式地调进政府办。

人家一个打工的，有了正式编制也不容易。我说。

我不想看到这个朋友被女人搞得很惨。

我劝这女人：算了吧，等你冷静下来后，你会为你报复他的行为后悔的。

女人最后有没有报复我现在还不知道。

但我找着了这个朋友，我劝这个朋友：还了那两万块钱，然后祝福她。

这个朋友以前一直不会正眼看我。

这一回，他请我去洗澡。

你别看我好像春风得意，想要什么，七拐八绕的总能有办法得到。

可是我常常觉得没有意思。

每做一次，我就觉得迷失了自己一次。

朋友脱了衣服，跟我一起下了浴池。

每做一次，我就觉得迷失了自己一次。

朋友说这话的时候，眼睛亮亮的，但是是耷拉着的——仍然没正眼瞧我。

朋友拿毛巾擦身子，可是他愣在那里了。

怎么了？

他找不到自己的身体了。

真的呢，空荡荡的澡堂里，他的毛巾狐疑地四处张望。

第四辑·白蟒听经

塑 匠

钵池山是土山，多沙。

很小，如一只倒扣的钵盂。

黄河一泛滥，钵池山就瘦了，就矮了。

山上的土和沙，吃透了水，都瘫到附近的农田里了。

挖开上面的泥沙，下面，往往能得到一种油泥，红色的，细腻圆润，像女人的肌肤。

在石头上使劲掼，一掼，里面的杂质就跑出来了，就纯了，熟了。

掺上猪肝一起捣烂，就成了泥坯。

我好像说到塑泥人了，塑泥人，泥坯都是这样做成的。

那我接着说吧。

在钵池山，塑泥人的只有泥人张一家。

祖传的手艺。

钵池山也不是他一家卖泥人，隔壁就有一个百泥居，但是这家人不会做，卖的，都是山东过来的泥叫鸡和无锡过来的泥娃娃。

生意不是很好。

泥人张另辟蹊径，人家，捏的是佛像。

钵池山从唐朝就被和尚占下地盘，山下的信众很多。

泥人张的生意，自然很红火。

有时候，也捏真人。

程禹山，就喜欢让他捏真人。

一闲下来的时候，他就坐着个轿子来了，往门口一坐，让泥人张捏。

一坐就是半天。

家里大大小小，有几十盘。

还来。

泥人张就笑，说爷您今后别来了，您的模样和脾气我清楚，闭上眼也捏得出，保证和本人一点不差。

程禹山就笑，我来这里，也是图个清静，我坐在这里让你捏，其实脑子里是在想别的事呢。

哦。

如果你看过我有关钵池山的系列小小说，你就会明白，这个程禹山，是个响当当的人物，钵池山有一大半的田地是他的，另外，人家还经营着粮食药材和食盐的生意。

有人跟他谈生意，他总是先不急，领着人家先看家里的泥人。

都是他的模样。

喜怒哀乐，吹一口气，好像就能活过来。

那些泥塑，有时是程禹山一个人的，有时候，是和别人在一起的。

比如和清江浦的府尹，程禹山坐着，面前是一个桌子，桌上摆着一套茶具。

府尹躬着腰，给他斟茶呢。

比如和土匪王麻子，程禹山是被绑着的，面前是一条倒了的板凳，王麻子提着刀。

"王麻子绑了您？"

谈生意的人问。

王麻子可是杀人不眨眼的货色，而程禹山，居然什么事都没有就被放回来了。

你想想，这个程禹山该是个什么样的角色呀？

生意，还谈不成？

有一次，一个山东人来进一批淮山药。

看了程禹山的那么多泥人，又看了程禹山摆出的淮山药，这个人开出一个价。

程禹山没有在价钱上斤斤计较，他认为人家看过他的泥人，知道他的能耐了，会给个合适的价钱。

愁的是这个人要的货特别多，可能一下子备不齐。

程禹山没办法，管家程门有办法。

他对程禹山耳语几句，程禹山说这个事就交给你办吧，不过，我可是什么都不知道呀。

爷哎，您就瞧好吧。

到了约定的时间，货，果然备齐了。

原来，那些都是泥人张用油泥捏出来的。

泥人张不知道程门是做什么用的呀，这个山东人也不知道。

山东人把进的货批发给药店，出事了。

很多人吃了这种淮山药，死了。

县令把山东人下了狱。

把泥人张下了狱。

程禹山好好的，没事儿。

泥人张和山东人被杀了头的时候，程禹山叹了口气。

"可惜了，那个泥人张，可是好手艺呀。"

程禹山一件一件地看那些泥人，冷不防，其中的一个人变了脸，竟成了泥人张的模样。

泥塑的泥人张扭过脸，噘起嘴。

呸，一口老痰吐在程禹山脸上。

也真是奇怪，程禹山遭此一吓，竟然病了。

很多医生来看，程禹山都说他的脸上有一口痰。

可是医生根本看不到。

后来，没人治，程禹山的病竟然好了。

病好后，他用很高的价格买下泥人张的宅子，然后，又一把火烧了。

"你不该用那一口痰害我呀。"程禹山说。

白蟒听经

山上有座庙。

山，叫做钵池山，庙，叫做景慧寺。

山不大，却有名，早在唐朝的时候就建起来一个景慧寺。

寺后数百米有一深涧，流水潺潺，怪石嶙峋。

乱石之中一树参天，枝干槎枒。

据说常有一白蟒伏于树上，听经。

老和尚在很远的地方就挂上白布，不许任何人靠近白蟒。

没人的时候，小和尚就问老和尚：那白蟒，能听懂咱念的经？

老和尚就笑，说你能听懂自己念的经吗？

小和尚想一想，他平时能背得下许多经文，可是真的没想过那些经文是什么意思呢。

小和尚摸着脑壳说我不懂呢。

老和尚双手合十，不懂，就是懂了。

那白蟒听不懂，其实也就是懂了。

你念着那些不懂的经文，心里安静了，佛的那些经文，就是教你心里安静的呀。

那么白蟒呢，它的心里也安静了么？

老和尚笑笑，你的心安静了，它的心就安静了呀。

这些话，小和尚似懂非懂。

小和尚知道是自己的修行不够，他就闭起眼睛念经：南无阿弥陀佛南无阿弥陀佛。

老和尚也念了句南无阿弥陀佛。

老和尚去菜园子里拔草了。

小和尚觑老和尚走得远了，声音渐渐慢了下来，渐渐淡了下来。

小和尚偷眼去瞅那涧，去瞅那棵树，好像，那白蟒躺在树干听经呢，好像，那树干上又什么也没有。

小和尚又抬眼觑老和尚的菜地，念经的声音大得连他自己都吓了一跳。

小和尚知道，那个菜园子里有老和尚的秘密。

菜园子的一边正对着钵池山麓，叫石头堆成了一堵墙。

里面，有一个暗室。

老和尚每天都会揭开一块石头，往里面送点吃的。

难道，里面藏着女人？

这个秘密，小和尚虽然知道，却从没跟香客们说过。

但是小和尚心里看不起老和尚。

老和尚不让小和尚靠近菜园子。

小和尚撇撇嘴，懒得靠近呢。

梅雨季节来了。

钵池山是土山，黄河一发水，或者梅雨天一多，山上的土就簌簌地往下掉。

石头垒的墙就塌了。

小和尚很兴奋：师傅，那堵墙，塌了。

哦，师傅正在念经。

你去看看吧。

我才不去呢，小和尚心里想，脏。

小和尚忍不住还是去了。

里面好像什么也没有，小和尚找了半天，找到一根红布条。

好像是女人用来扎头的。

小和尚悄悄地藏起了它。

再念经的时候，就不想有没有白蟒听经了。

眼睛，在膜拜的香客里瞟。

就发现了一个小姑娘。

小姑娘有一张白皙的脸，细细的腰身儿，像蛇。

像白蟒。

小姑娘也发现了他。

一步一步地靠近，碰碰他的衣袖：小师傅，能带我去看看那个听经的白蟒吗？

声音小小的。

谁是小师傅？

小和尚愠怒地站起身，他一个人在寺里转了半天，莫名地，竟出寺往白蟒听经的地方来了。

可是，身后并没有跟来那个小姑娘。

那个地方，哪有什么白蟒呀？

涧边一洞，小和尚一赌气，循洞而入，稍顷，竟摸到了菜地。

小和尚在树边愣了半晌，拿出那根红布条，扎到了树上。

小和尚做了老和尚，老和尚还是老和尚。

小和尚做了住持，做了住持后小和尚就总给老和尚使绊子。

有一天，老和尚终于圆寂。

这一天，正好有一位太太来布施。

这位太太还想看看白蟒听经的那个山涧。

那个时候，白蟒早就没有了。

可是这位太太还想看，说她很小的时候就有这个愿望。

小和尚领着那位太太过去看。

那棵树上，竟真的有一条白蟒。

白蟒的半截身子伏在树上，头伏在那根红布条上。

那根红布条，居然还在！

小和尚眼前一晃，他恍惚又看见了那个小姑娘：小师傅，能带我去看看那个听经的白蟒吗？

小和尚跪下来，嘴里南无阿弥陀佛南无阿弥陀佛地念。

师傅说过，白蟒是能听得懂他念的经的。

他的心安静了下来。

那个太太，不记得当年要小和尚带她来看白蟒的事了。

剑　道

杨海林眼睁睁地看着自己的父亲在仇家面前毙命。

那一瞬间,他竟然有了莫名的快感,他的手因为这种快感而不停地哆嗦,匣中的剑也在这样的哆嗦中格"楞楞"地响。

这是一柄祖传的剑,江湖上给了它种种离奇的传说,杨海林相信这些都是真的。

父亲是江湖上有名的剑客,杀人无数,可是却从没使用过这把祖传的剑。

甚至在闲暇时也不肯轻易地抽出来擦拭。

父亲认为自己的剑法远远不配使用这柄剑。

杀父仇人在屋里徘徊了一阵,叹了一口气。

竟然走了。

杨海林从床底钻出来。

手中握着那柄剑。

他记起父亲生前说过的话:哪天他死了,就让杨海林去寻访一位剑客。

杨海林来到剑客所在的那座山。

杨海林捧剑过头,给剑客作揖。

虽然剑已被剑客拿去,可是杨海林仍然保持着捧剑过头的姿势。

剑客接剑在手，转身抽出那剑。

虽然头低着，可是杨海林仍然能感觉到剑客拔剑时浮现的光华。

剑客一怔。

是一把好剑，剑客说，有了这把剑，我相信你会成为一名优秀的剑客。

剑客的面前是一块巨石。

现在，你就面对这块石头坐好。

以你的悟性，不久，就会看到这石头上出现一个剑客——那就是我，你就跟着他学剑吧。

长跪在地，三天，石头上果然出现了一个白色的人影，苍颜皓首，衣袂飘飘。

手持一剑，凌空起舞。

杨海林手中没了剑，可他还是着了魔地比画着一招一式。

学了三年剑法，后来，石上之人淡淡隐去。

杨海林不甘心，他才刚刚体会到剑法的妙处呀。

他去找那个剑客。

剑客笑笑，说我的剑法你已经全学会了，你下山吧。

当初拿走的那柄剑，现在还给了杨海林。

托在手里，已经不似当初那样沉重。

找到杀父仇人，才三五个回合，杀父仇人就败了下来。

长跪受死。

杨海林从肩上卸下那把祖传的铁剑。

他要用这柄剑结果仇人性命。

哗，剑从匣中拔出。

虽然仇人的头是低着的，可是他分明感受到一股强烈的毫光。

刺得他睁不开眼。

噗。

他的喉管喷出一股鲜血。

杨海林一愣,捧着剑徘徊良久,然后,转身离去。

刚才他并没有出手。

可是他的杀父仇人分明是死了呀。

杨海林愣了半晌,他觉得,他也不配用这把剑了。

杨海林也找一座名山藏匿起来。

多少年后,也有一个人来找他学剑了。

那个人也带来了一柄祖传宝剑。

杨海林接过那剑,明显地感知那其实也是一柄木剑。

好好地学吧,杨海林指着身后的一块岩石:这石头上会出现一个人,他会教你剑法的。

那个人学成时,杨海林已经死了。

两把剑,都插在杨海林的坟头。

按照当初的约定,这个人现在可以取走这两把剑了。

这个人笑笑,学剑,最初都得送师傅一把好剑当作见面礼。

可他那时没有。

只好做了一把木剑。

师傅的剑,可是一把好剑,在江湖上,令好多人闻风丧胆呢。

他拿起杨海林的那一把,抽出来。

竟然是一把木剑,里边的剑身已经朽烂掉了。

他一愣,又去拔自己当初的那一把。

那把剑斜斜地插在地上。

用多大的劲,都拔不出来。

这个人愣了一会儿，对着杨海林的坟扑通一声跪了下来。

真正的剑客，是不需要剑来替他解决问题的呀。

这个人对着杨海林的坟，一叩首，再叩首。

红　菱

"呀"的一声，小广寒的门轻轻地隙开一条缝。

倚在梧桐树上的沈子无鼻腔里有了一丝脂粉香，他打了个响响的阿嚏，激灵一下站直了身子——红菱猫儿一样挤了出来。

红菱显然没有精心梳洗，月白色的对襟上还有睡觉时压上去的折痕，曲折缭乱，看上去像一朵盛开的荷花。

"帽子又没带好，"抬头先露一个笑脸，红菱，拉了拉沈子无潦草戴着的一顶三块瓦。

帽耳垂得很长，沈子无有点不情愿地动了一下脑袋，小声嘟哝："天又不冷。"

可不是吗，风吹在脸上暖暖的，有点痒。

每次和沈子无说话，红菱的嘴都和沈子无的脸贴得很近，有时会有一两根头发拂到沈子无的脸，那么，他也会有这样暖暖痒痒的感觉吗？

红菱的脸儿红红的。

想着心事，脚步儿却放不下来，花街的青砖路上还有一丝淡淡的霜，软软的鞋底一踩，霜，就化了，就成了一个湿湿的水印儿。

沈子无一路看着这些水印儿，突然一抬头，脑袋磕碰到一扇芦苇编的门。

红菱吃吃笑："痴子，到家了。"

摘下帽子，沈子无的脑袋上已经满是汗水，他扯下来，把两个帽耳上的绳扣到一起，挂到檐下的木橛上，木橛的左边相同的位置还有一个，两个木橛上搁一个竹扁担。

红菱一把抢了过去，从井里打上水，挑进了屋，生火，做饭。

沈子无已经看到《七孟》，红菱虽然不识字，可是她会根据书翻开的厚度折算沈子无的读书进度。

想一想，沈子无又把书往后翻了十多页。

红菱火烫似地在锅上锅下忙碌，沈子无忍不住朝她觑，红菱的脸盘子很漂亮，前胸饱满后臀浑圆，沈子无忍不住从后面抱住了她。

红菱颤了一下停了半晌，拉住沈子无向后滑动的手，叹一口气："看书去吧。"

两个人草草地吃罢了饭，沈子无装模作样地又去读书，红菱烧了一锅水，就着屋里的热气洗澡。

围帘拉得虽然严实，可是哗哗的水声搅得沈子无坐立不安，他铺纸濡墨，一勾一染，生宣上就出现了一女人的裸体。

写意的，似是而非。

沈子无正看得出神，湿漉漉的红菱探身钻了出来。

"真美呀，要是我就好了。"她说。

"就是你呀。"

"不像，这里，这里。"红菱拿起笔，经她一画，生宣上就成了一团乱糟糟的墨点。

"可惜我画不好。"红菱叹一口气。

"那给我看看你吧——没看过你的身体,我画的只是想像中你的样子。"

"不行!"

小广寒,那是清江浦花街上的一个妓院,她红菱在那里做着那样的营生,竟不肯让自己心爱的人看?

有时候,要是晚上没有生意,或者客人走得早,红菱,也会在沈子无这里留宿,两个人睡一张床,沈子无免不了心旌摇动。

免不了想一点心事。

虽然身体相拥,可是红菱仍然会把衣服扣子严严地扣好。

"我的身子已经给了我不爱的人了,我不能再把它给你。"

"我要把我最好的东西给你。"

"而我能给你最好的东西,就是什么都不给你。"

这话沈子无听不懂,他一直想看到红菱的身体。

直到中了榜,直到做了官。

直到替红菱脱了籍,直到娶了她。

娶了红菱,红菱仍然不愿意在他面前光着身子,更不用说做夫妻之间的那种事。

有一天,沈府门口站着一个讨饭的姑娘,身段模样儿都很好,红菱端一碗米给她的时候就愣住了。

问那女的:"你想尿吗?"

女子脸红了一下,说:"我憋了有一会了,但周围没有背静的地方。"

"那就到我屋里来吧。"

尿完了,就不让人家走了。

红菱说:"我相公人不错,如果你愿意,给她做个小吧!"

哪能不愿意呢，吹吹打打地，把这个女子迎进了门。

沈子无有些纳闷，红菱套着他的耳朵说："这女子不错，她尿的时候我观察过了，是个处。"

沈子无说可是我不爱她呀。

红菱冷了脸："她就是我，不许你对她不好。"

这女子虽然讨过饭，但人家之前也是做过小姐的，识得文，断得字。

过门没三天，摆起了过去的架子，支使起红菱做这做那。

红菱，笑吟吟地听任她摆布。

后来，沈子无去外地做官，这个女子变本加厉，百般凌辱红菱，最后，竟把她撵了出去。

沈子无听说这件事的时候，红菱，已经没有了一点消息。

休了那女子，辞了官，找了半年，才在一个破庙里找到红菱。

红菱，病得起不来了。

那女子叫应儿，红菱问："应儿，你没对她怎么样吧？"

沈子无答："我把她休了。"

"痴子呀你个痴子，她就是我，我其实才是她呀。"

"你明白我的话吗？"

沈子无不明白，可是已经不重要了，红菱，她死了。

安葬了红菱，红菱的身影还在眼前晃动。

濡墨伸纸，一勾一染。纸上，出现的只是一团乱墨。

耍龙灯

钵池山人二月二耍龙灯其实是古代"禳虫"习俗的遗风。

时间一般选择在晚上。

小户人家的孩子，会将茅厕里的坏笤帚拿出来晒，到了晚上便在自家的田里点起来，因为不是太干，便只有红红的一个点，而且需不停舞动，让笤帚里边补充新的空气，才能继续燃烧。

这也算是"龙灯"。

据说"龙灯"所到之处，来年便没有了虫灾。

二月二是月初，天上不会有月亮，所以看不见人影，但龙灯在眼前缭绕，宛如满田的火树银花，那也是非常壮观的哟。

大户人家，那就有讲头了，龙灯，那可是真正的龙灯。

是专门请篾匠扎的龙身，也就是若干盏鼓形的灯，横过来，可以首尾相接，里面点灯，外面的灯罩上绘成蓝色的龙鳞。

龙头不是现做的，有的，都传了几百年。

平时供奉在祠堂里。

多是楠木做的，大而沉，两只眼睛里各点一盏灯，触动机关，嘴里还能喷火，还能作咆哮的声音。

很狰狞。

真正的龙灯，说头也多。

分五等：白胡子、红胡子、黄胡子、紫胡子、蓝胡子。

做过官或者正做着官的，家里可以玩白胡子龙灯，过去有钱或者现在正有着钱的爷，只能玩红胡子龙灯。

这一年，钵池山的大财主程禹山忽然来了心血，吩咐管家程门：把咱家的龙头请出来，今年，咱再好好地玩一回。

程家，只是个富户，从来没出过显赫的官儿。

程禹山不管，拿了白漆，给他家的龙头画上胡子。

程门心里着实吃了一惊。

改龙头上的胡子这可不是一件开玩笑的事情，得请来附近几个大的族主，并且得有官方在场，还要拿出修改的足够证据，直到任何一方没有异议了，那才能由地方官取笔着色。

你再大，不就是一个财主嘛？

这话，程门当然不敢对老爷说。

下人，就是给老爷闯了纰漏时预备的。

程门的心里敲起了鼓。

前几年，程家的红胡子龙灯在路上遇见了薛家的白胡子龙灯。

——薛家，人家的祖上在前清朝廷里做过道台的呢。

现在，也在国民政府里做着事呢。

按照常例，两龙相遇，红胡子龙灯得半躬着身子作叩头状。

红胡子龙灯半躬着身子作叩头状。

薛家的白胡子龙灯没有理睬，头仍然昂得很高。

红胡子龙给白胡子龙灯放了一挂鞭。

白胡子龙灯依旧不罢休。

这种事，也是有说头的，如果双方都想给对方一点面子，那么红胡子龙灯半躬着身子作叩头状后便可以收场各走各的，事后，白胡子龙灯再向红胡子龙灯这一方道声承让，红胡子这一方再客气一下，事情就算圆满了，说不定，两家还会自此有了往来。

故意刁难的，最多也就是到了让对方摆一桌酒席这一关，再多，那就算无理取闹了。

遇到这种事，程禹山只好自认倒霉，摆了一桌饭。

这事，可能老爷一直梗在心里，想出一口气吧。

老爷想了想，又说，把县长也叫来吧，他一个外地人，怪冷清的。

这个县长，按照程门的说法，是被老爷"拿下来"了，生意上的事，官场上的事，没少替老爷说话。

程门心里有了底。

程门把老爷的心思说与卞二，卞二就明白可能要有一场恶仗。

钵池山这地方民风粗野，类似于耍龙灯这样的事，死过几回人。

卞二就吩咐耍龙灯的人腰里带着家伙。

程门心里不想生事，毕竟，可能会出人命的呀。

程门就寻思着和薛家的白胡子龙灯错开。

程门安排了一个人，悄悄地打探薛家的白胡子龙灯走的路线。

龙卧那顷地里，没有薛家的白胡子龙灯。

程门领了人准备先去龙卧。

老爷也要去。

黑黑的一顷田，老爷的白胡子龙灯闹腾够了，薛家的白胡子龙灯也没出现。

黑松林那顷地，也没有薛家的白胡子龙灯出现。

薛家这是怎么啦？

程门的衣衫早就被汗湿了，这会儿叫夜风一吹，不禁冷得打了个哆嗦。

会不会是薛家的白胡子龙灯故意在路上埋伏？

黑松林那顷田，得好好耍一耍，每年，就数那里虫子闹腾得凶。

老爷说。

老爷也有点奇怪：薛家这是怎么啦，每年，龙灯可是耍得最喧腾的呀。

耍到半夜，老爷抗不住困，在柴草垛子旁睡着了。

程门说，老爷，咱回吧，在这里睡，会冻着。

程禹山擦擦嘴角的涎，问，薛家的白胡子龙灯来过了？

没。

那咱就等。

就等吧。

又等了一个时辰，对面薛家的半顷田里，有了十几个黑呼呼的人影。

一个孩子拿了个坏筲帚在那里耍。

程禹山走过去，问：你爹呢？

我爹在床上，病了。

龙灯呢？

在路上摆着呢。

不要？

不要。

攒了一身的劲，现在一下子松懈了下来。

程禹山觉得自己快虚脱了。

我看看那龙头吧。

举了灯去看，那龙头有好几百年了，上面的油漆都斑驳了。

程禹山伸出手抚摸那已经分不出颜色的龙须，粗犷，流畅，透出一股与生俱来的威严。

多好的龙须呀。

程禹山扑通一声跪了下来。

而这时，薛家已经传来了哭声。

沈 讨

沈讨，讨什么？

讨画儿。

他看到哪家墙上有他满意的画，就想法子打听作者的地址，得了空闲，就摸过去敲人家的门。

向人家讨画儿。

一开始家底子还算殷实，就花银子买，又不会别的营生，买多了，好了，祖传的店铺盘出去了，三间老屋盘出去了。

落下一堆儿破烂儿。

这下真的向人讨画儿了。

他又不认识人家。

可是人家认识他呀，清江浦，就这么屁大点地方，画画儿的就那么几个人，在什么场合碰了面，一说，就说到沈讨。

有个沈什么的，昨天讨了我一幅画儿。

沈什么呀，就是沈讨呗。

我的画儿，那是京城某某先生给定的润格，一幅斗方，十两银子哩。

那个沈什么的——哦,沈讨——竟向我讨了张中堂。

我以为他是知道我的润格的,可我写好了,他卷了就走。

同行们就笑,那个沈讨,其实就是个无赖,被他盯上了,你还真得送给他画儿,不然,还真脱不了身。

随便给一幅打发他走吧。

哪那么好对付呀,人家沈讨,那也是懂画儿的。

你的花鸟有点意思,人物,我看不上。

你的人物有两笔,山水,还真没入我的眼。

你瞧瞧,这哪里是讨呀,比花银子来买还有派头。

都知道这个沈讨的脾气,又见他说得有道理——晓得画儿的好坏,那也算是个知己呀——有的人,就乐呵呵地给了;有的人不理他,但经不住他死缠烂打,最后还是举手投降,落个满肚皮不高兴。

有一回,从京城来个画文人画的。

姓尹,叫尹默。

住在清江浦的玉阑客栈。

这个尹默虽然是个画家,更是个公子哥儿——他的父亲,在朝廷里做着大官呢。

画着玩的,哪指望靠这个谋生呀?

这样的心态捻笔伸纸,勾勾涂涂,竟然入了乾隆皇帝的法眼,得了个"不似而似,神丰意足"的赞叹。

你想想,这样的主儿,能把谁放在眼里?

玉阑客栈在清江浦最奢华,要是摆在现在,起码五星级吧。

客栈门口立着尹墨两个横眉怒目的男保安,房门口,是两个按剑而立的女保安。

本地的一班画家想去尽个地主之谊，帖子递进去，又被扔了出来。

人家哪稀罕你哟？

因为他的父亲是朝廷里的官儿，按官场上的规矩，本地的地方官自然想去拜会一下，表达一下对他父亲的景仰吧。

也被保安堵在门外。

这时候沈讨拍拍屁股，好啦，该他上场啦。

玉阑客栈的后门外有一床太湖石，爬上去，正好能看见尹墨的窗户。

尹墨一开窗，沈讨便躬着身子扯起嗓子叫了一声。

尹墨吓了一跳：哪里来的狼呀？

天上有好月，园中有好景，尹墨也懒得欣赏了。

关上窗，可是关不住沈讨的嗥叫呀。

他还在一声一声地叫呢。

两个保安把他提了进来：你，想干什么？

沈讨虽然长相猥琐，可是也文绉绉地低头拱手：久闻先生盛名，盼先生赐我墨宝。

喊，尹墨笑笑，招呼保安：厨间有饭就给他一碗，然后，打发他滚蛋。

自己袖着个手，进卧室去了。

保安盛来了饭，却没有了沈讨的人影儿。

又爬上那床太湖石学狼叫了。

保安拿了竹竿捅他，怎么捅，也捅不下来。

沈讨的手，牢牢地插在石缝里呢。

像生了根。

尹墨就笑，说你也算个怪人，好吧，你下来，我给你个斗方。

沈讨笑笑，说一开始我是想讨你个斗方的。但是现在我改主意啦，至少，你得给我画个四条屏。

晕，你以为你是谁呀？

尹默努努嘴，四个保安飞身上石，将沈讨暴打一顿，扔进了旁边的鱼塘里。

可怜那沈讨，胁骨都被打断了。

沈讨的老婆闻讯赶了来，扶起沈讨。

沈讨哪里肯回去哟。

一瘸一拐地，又上了太湖石。

还学狼叫。

烦不烦呀？

尹墨听着听着，却动了容，走过去，给沈讨行了大礼：您这是我的真知己呀，为了讨我的画儿，情愿挨打。

我给您画个长卷。

在竹影里铺了纸，对着月色，一心一意地画起画儿来了。

画到一半，沈讨从石头上下来了。

对尹墨说，唉，你的画，并不值得我挨这样的打呀，我真的后悔死了呀。

躬着腰，走了。

我的画，难道不好？

尹墨有点狐疑地望望沈讨的背影，又看看自己的画。

我的画，还是很好的嘛。

画的是一床太湖石，一个老头儿对月饮茶。

你再看一看吧。

走了很远，沈讨回过头说。

再看，尹墨就觉得他画的那个老头儿从纸上放下茶具站起来，背着手，缩着脖子。

和尹墨脸对脸。

半晌，扬起手"叭叭"地给了他两巴掌。

尹墨的耳朵嗡嗡地响，他听见了沈讨刚才学的狼嗥。

尹墨扑通一声跪了下来。

袁 二

袁二不是人，是只猴子。

那一年，清江浦的大财主袁伯松去广东采购海鲜。

采购停当了，袁伯松差下人带了货物先回去。

自己却住下来了，见天儿往热闹的地方跑。

有一天，就碰到一个卖猴子的，有七八只吧。

广东靠海，燕窝，就产于海岛中的悬崖峭壁上。这些地方，人是很难攀上去的，采摘燕窝的人就想了个法子，往往蓄养几只小猴，让它们爬树攀岩，去剥险处的燕窝。

那些猴子已被卖猴人驯养了一段时间，有些通人性。卖猴人咳一声，它们就从箱子里各取一只碗顶在头上，一动不动，很守规矩的样子。

卖猴人就张罗自己的生意，对袁伯松说怎么样老板，这些猴子根本不用您烦心儿，只要您出得起价，明天就能帮您摘燕窝了。

袁伯松就笑，不说买，也不说不买，只在那里静静地看。

那些猴子都瘦得脱了形，一会儿，就有些把持不住。头上的碗，也开始晃晃悠悠。

但真的都很守规矩，没有一个敢把碗放下来歇歇气儿。

只有当卖猴人背对着它们招揽生意时，袁伯松才发觉那只最小的猴子偷了懒——它居然把碗放下来，伏在地上大口地喘气。

卖猴人刚一转身，那小猴又倏地站起来，碗也稳稳地顶在头上。

卖猴人一点没觉察。

七只猴子被人买走了，袁伯松拍拍卖猴人的肩，说：老弟，这小猴卖给我吧。

花了很少的钱。

袁伯松是个好玩的人，他想看看这小猴能不能采到燕窝。

三天，竟也把小猴驯好了。

袁伯松把小猴带到悬崖边，交代几句，又拿出一只燕窝给它看，然后，拍了拍小猴的头。

那意思是说，你明白了吗？

小猴却不肯走，抓耳挠腮的。袁伯松看了那小猴一会儿，忽然笑起来，说，我明白了。

袁伯松掏出个小布袋，在袋中塞满果饵，然后，挂到小猴的脖子上。

那小猴竟一蹦一跳地走了。

原来，猴子出去采摘燕窝一般三至五日才能回来，那些地方，哪有吃的哟？养猴人就有必要给它们配上布袋，并暗示它们吃完一半赶紧回来，否则，即使采摘到燕窝，回来的路上也会被饿伤，成了废猴。

废猴，就再也不能采摘燕窝了。

因为布袋中有果饵，养猴人每次最多能得到半袋燕窝。

三天后，袁伯松的这只猴却给他带回来整整一袋燕窝。

原来，这小猴一路采摘燕窝，沿途又将果饵匀出藏于岩缝中或石头底下，待袋中装满燕窝，再折回身寻找果饵，不仅省却背负之苦，又多采了燕窝。

你说，这猴子精不精？

回去时，下人们问袁伯松这猴子叫什么名字，袁伯松就喜滋滋地说，叫袁二，这猴子精明得很，当得起这名儿。

——袁伯松，清江浦的人背地里都叫他袁大。

那一年，袁伯松的一个冷妾绮云终于开了怀。年底，竟给他生了个大胖小子。袁伯松五十多岁才得了这么个儿子，当然很高兴，就常到绮云的屋里走动。

自然，袁二也跟着去了。

袁伯松给他的大胖小子取名袁三。

绮云重新得了宠，哪有心思照顾袁三哟，就把这差使交给袁二。

袁二呢，人模人样地抱着袁三逗着玩。袁三饿了，也知道抱了他寻绮云讨奶吃。

袁伯松放心了。

第二年夏天，袁伯松带绮云出去看戏。

袁三在家里没了奶吃，哭得闹袁二的心。

袁二抓耳挠腮了一阵子，便开始给袁三烧水洗澡。

袁二想让他洗了澡睡觉，一睡着，就不哭了。

但它再精明，也不就是个畜生嘛？

袁伯松回来时，袁三已经被开水烫死了。

也没怎么打袁二，袁伯松叹口气说，你毕竟是个畜生呀。

竟把袁二放走了。

再去广东时，就遇到了劫匪。

这劫匪，还是袁伯松过去的一个仇家，不仅劫财，还想劫命。

正当袁伯松命悬一线时，蓦然从丛林中跃出一黑物，上跳下蹿，扑咬抓挠，竟让劫匪束手无策。

袁伯松得了空子，从背后一剑，就把劫匪刺死了。

细看，那黑物竟是袁二。

袁伯松老泪横流，从怀中掏出一枚果饵递给袁二，说，吃吧，今天多亏你哩。

袁二吃了，就死了。

袁伯松叹口气说你可别怪我心狠哟，我以前做了对不起这劫匪的事，怕他报复，这些年一直没睡过安稳觉——现在终于杀了他，你说，如果留下你这个活口，我能安心吗？

雅　玩

没事的时候，程禹山喜欢拿两个核桃。

反反复复地盘弄。

不是准备吃的，程禹山，不喜欢吃这个。

在过去，核桃，也算是个雅玩意，和蝈蝈笼子轧花葫芦一样，颇受文人们的青睐呢。

程禹山一只手托着两个核桃,五根手指灵活地盘来盘去。

两只核桃,总是差点儿就碰到一起,又很敏捷地分开。

不发出一点响。

看得张守诚胆战心惊。

张守诚子躬着身跟在程禹山身后,半天,勾着头朝程禹山看看。

半天,又勾着头朝程禹山看看。

看程禹山手里的核桃。

毛尖儿,本地的毛尖儿。

核桃,既然不是留着吃的,既然是雅玩,那就有讲头了,你想想,要是随随便便拿两个在手里玩,那还有什么情趣哟。

真正把核桃当个玩意儿的人,是不会挑本地的毛尖儿。

那东西,是留给人食用的,个头虽大,可是顶端有些尖,皮壳又薄,表面的花纹也不深。

而且,很容易上色。

真正的玩家,玩的是南将狮子头。

那是河北一个叫南将村出产的核桃,据说那里有好几百棵核桃树,其中只有一棵没被嫁接过,长了几百年,结出的核桃天然是狮子头的形状,皮壳厚,纹路深,不盘个一年半载,是上不了色的。

张守诚子觉得像程禹山这样的爷,要玩就玩个极品,玩本地的毛尖,丢身价儿。

张守诚子没有明着把这话说出来,张守诚是这样说的:我有个亲戚,就在南将村住。

那意思,想要弄对正宗的狮子头,肯定不会有问题。

哦,程禹山应承一句。

没了下文。

有一次，和一个外地的客商谈生意，程禹山还捏着这样的两个毛尖儿去了。

这个客商也是个玩核桃的主，看见程禹山把核桃托在掌心盘弄却一点也不曾磕着碰着，就竖起大拇指，说："这样的文盘，了得。"

玩核桃，有两种盘弄的方法：文盘，就是将核桃放在手心，盘弄时，不能让它们相碰。只要是磕着碰着了，就叫武盘。

武盘，那是新手的手段，道行深的老手，都用文盘，不过，他们手上的都是南将狮子头呀，好几百两银子呢。

是个细致的玩意，出于爱护，一般，一个手握一个，决不会像程禹山这个盘法。

客商再看看，噢，就是个本地的毛尖儿。

和程禹山这样的主儿谈生意，他觉得丢身价儿。

好好的一笔生意，人家没心思做。

你看看，多可惜呀。

张守诚到柜上支了些钱，也没告诉程禹山，一个人，去了南将村。

配好一对狮子头。

程禹山听说了，要过来看。

张守诚不肯，张守诚说那对狮子头，我都没敢碰呢——要找一个处女，让她盘，才容易上色。

哦。

张守诚的女儿还没找婆家，好了，就让她盘吧。

一边盘，一边拿个小刷子。

一边盘，一边刷。

手上的油，就被核桃吃进去了。

盘了半年，那些棱棱角角被盘没了，从里到外，由淡黄变成了深棕，不但上足了色，而且，光泽圆润，玲珑剔透。

好东西呀。

给那个客商看。

真是个好东西呀。

客商爱不释手。

你看这纹络，竟是个天然的"马上封猴"图呢。

什么呀，也就是个玩意儿罢了。

程禹山说。

挥挥手，让程门拿过来一把锤子。

敲碎了，程禹山尝了尝，说，味儿不错。

叫客商尝，客商目瞪口呆，这么好的一个玩意儿，他程禹山，竟不当回事。

生意做成后，那个客商对张守诚说，你们老爷，那才真叫个爷，那么好的东西，他说砸就砸了。

程门对张守诚说，下回你可要记住了，我们做下人的，就像老爷的玩意儿。

好，坏，都要由着他的喜好。

道

在清江浦古玩行当里，米谦其实不算个人物。

卖家有好东西，根本想不起来让他开眼。

买家想买，也不会请他掌眼。

要是哪位想露富，撒帖子时，也不会把他当个人物，顶多，也就是碰见时央一声：我新近得了个好东西，哪天，你去瞧瞧吧。

必定是要去的，告一声得罪，讨一杯茶，静静地坐在最末的位置。

好东西在一个又一个人的手上摩挲，说好的，说坏的，都有人竖起耳朵听。

好不容易传到他的手上，他也想说两句好或者坏来，主家却招呼吃饭了。

想想也不怪人家家慢待他，你又没钱，你家里又没有像样的玩意儿，你说的话，能有多少分量？

他却不这么想，在江春亭家看了一个《婆罗双树碑》的明拓之后就不再往古玩这个圈子里钻了。

也没人在意。

偶尔，也会有人想起他，经过他家门口，会隔着矮墙喊一声：我得了个新玩意儿，有空，你去看看吧。

不去不去，那时，米谦正朝院子里的一根绳上挂一张三尺长的碑拓。

哟，这不是《婆罗双树碑》的明拓本吗，你，也有？

米谦不说话。

这《婆罗双树碑》是清江浦的佚碑，大约在元朝就不知去向了，幸好，清江浦的县令陈文烛在吴承恩的家里见到一幅旧拓。

这些，都写在江春亭家那张明拓的"附识"里呢，他米谦这样的一个人，也能得到？

惊动了江春亭。

跑来一看，"附识"，竟然和他家的一样，也是陈文烛题的。

肯定是假的，因为，陈文烛写的字，和他的那张一模一样。

一个人写字，因为环境或心境的不同，永远不会一模一样的。

米谦冷了脸说，这个，就是假的。

我刚做的，你看，墨还没干透呢。

可是也不对，新做的赝品，墨汁应该是乌黑发亮的，做得再好，也不会有那种老气，内行人是分辨得出的。

江春亭提起那张碑拓来抖了抖，唔，分量也不对。

新墨碇和旧墨碇磨成汁写出字，虽然微乎其微，可是在江春亭这样的行家手里，还是能掂量出不同的分量的。

可现在江春亭掂不出。

米谦就笑，说我用的是新墨碇不假，可是在磨墨汁之前，我把它放在干菊花里煨了七天。

干菊花吸了它的新气，燃出来的烟，正好又添了它的老气，墨的分量，恰好又被微火炼去了。

那纸呢，你不可能有一张明朝的纸吧。

这其实不是纸，是我用槐花、面浆、苏水、木炭做的。

你看，还能吃呢。

米谦把他的《婆罗双树碑》拓本卷了卷，放进嘴里嚼了起来。

味道还行，你要不要尝点？

江春亭犹豫着撕了一点。

呸，这分明是纸嘛。

哦，你撕下的那一块，恰好是我补上去的半张纸。

我是想留个记号。

瓷器，也做得了假。

江春亭，有一个钧窑的压手杯，杯底，坏了制钱大的一个洞。

米谦，竟给补好了。

被江春亭卖给一个玩钧瓷的主。

得了好大一笔银子。

米谦这人做假有个规矩，那就是只玩不卖。

当下去找那个买主。

人家不信，说我玩了几十年钧瓷，还会走眼？

米谦说我当初就料到这一层，在补这个杯子的时候，加了一点香料，您用手使劲磨，看能不能闻出点香味。

慢慢磨，还真磨出了胡椒的味来。

还是不信，因为过去传说有一种香瓷，那是罕见的珍品。

米谦跪在人家门口一个多月。

要买回这只压手杯。

好不容易得了这么个稀罕玩意，又不缺钱花，哪里肯卖哟？

这个人，是个做绸缎生意的。

米谦，卖了房，七凑八凑，竟也做起了绸缎生意。

一心要挤垮他。

要是连生计都顾不上了，也许就会卖给他那只压手杯了。

他哪是个做生意的料呀，那点钱投下去，很快就没了影子。

那个人叹口气，说你是真的想要这个压手杯，要不然，你是不会下这么大的狠心的。

好吧，我把它送给你。

取回那只压手杯，捅了他补上去的部分，给他的儿子看。

他的儿子默默不语。

过几天，他儿子将那杯子还给他。

那个地方，又被好好儿地补上了。

米谦竟也看不出有补过的痕迹。

问儿子：你可留下了做假的印记？

儿子摇摇头：我一开始就没想到它能被人认出来做过假。

米谦长叹一声。

趁儿子熟睡的时候，竟砍了儿子的手。

做假，也是有"道"的。

而你，不配呀。

米谦说。

一声长叹

听戏是一件风雅的事。

清江浦的玩家，听说哪个唱角来了，想着法子捣腾来票，折成一根长卷儿，夹在耳朵后边，早早儿地就在戏园子外候着了。

有的唱角没开场前喜欢出来溜达，有时候，也会和身边等着看戏的人扯个淡，玩家们就不乐意了：这个唱角，是出来显摆的吧？

耳朵后夹着的票，多半会被扔到地上：显摆什么呀，在清江浦，什么样的唱角没见过？

碰到真正的唱角，也不寻雅座呀包厢呀什么的，靠墙站了，勾着个脑袋，半看不看地吸着纸烟，戏帘儿一掀，如果唱角开帘彩儿摆得好，就闭上了眼。

为什么闭上眼呢？

玩家们觉得这个唱角的戏值得一看了，闭上眼，是想试试值不值得一听。

唱角们在台上咿咿呀呀地卖力气，冷不丁地他叫了一声好，行了，他得了头彩，他是真正听懂了这个唱角。

头也不回地犒劳自己饿成两块皮的肚子去了。

我说的这是真正的玩家，他们不同于票友，也不同于一般看戏的。

很大程度上，类似于现代人的耍酷。

在清江浦，玩家们最看不起一种人，这种人，叫戏划子。

怎么叫这个名字，我考证不出，清江浦的人，把常在街上看热闹的混混叫做街划子。戏划子，肯定也好不到哪里去。

这种人，看戏是舍不得花钱的，却又常常能看到戏——说起来，也算不得本事，玩家扔了戏票，他捡起来进了戏园子，能算本事？玩家们喊过好出来，那戏园子就不收门票了，他看了出没头的戏，能算本事？

杨小楼，就是这样的一个戏划子。

黑黑矮矮，胸脯长毛，操着杀猪卖肉的营生，这样的人，看个什么戏哟？

他的肉案就摆在戏园子门口，看到地上有票，两手"托"地撑住油晃晃的肉案跳过来，好了，他可以进去看戏了。

遭别人白眼他不在乎，他图的，就是个热闹。

遇到喜欢的唱角，人家还没下得台来，他就喊："过会儿到我那里去打肉，不收钱呀！"

声音莽莽的，震得戏园子里嗡嗡地响。

玩家里头有一个许如龙，算是清江浦的一个人尖儿，长得好，又写得一手好文章，鸳鸯呀蝴蝶呀很能煽乎人。

在戏园子门口扔票最多的，就数他了。

嘿嘿，当然，也是杨小楼的老主顾。

不是买他的猪肉，许如龙一来，杨小楼的眼睛就滴溜溜地盯着他，他的戏票却不夹在耳朵后，他不管冬夏都拿着一把折扇，票，就藏在折扇里呢。

稍不满意，折扇"叭"地一打，人就走了。

戏票旋转着落在地上，就成了杨小楼的了。

这一天，来了个唱角，叫童苓。

一个花旦，唱《一声长叹》的。

没开戏前，也出来买过瓜子呀什么的，甚至，也和身边等着看戏的人扯过淡。

许如龙的折扇却没打开，他只是觉得奇怪：这个女孩长得并不出彩，她怎么可以唱花旦呢？

后来戏园子剪票了，他犹豫了一下，到底还是进去了。

直到散场，也不想出来。

耳朵里，是童苓挥不去的歌喉：

何处秦淮问酒家，青溪门巷夕阳斜。
春明旧事关心在，宫艳销魂为杏花。

约这个童苓出来喝茶吧。

站在杨小楼的肉案子旁边等，一会儿，童苓竟嘀嘀答答地跋着木屐来了。

能被他许如龙看好的唱角，能有几个呀？

杨小楼这回花钱买了票，像个玩家似地进了戏园。

听了半天，耳朵也嗡嗡地响。

却不知道个好坏。

但是却觉得熨帖，身体里，像被注了水似的，软软的，半天，抬不动一条腿。

也迷上这个童苓了。

童苓哪会看上他呀？

跟踪童苓吧，类似于现在的超级粉丝或狗仔队。

有一晚，看见童苓的窗口亮着灯，鬼使神差地，就伏了过去。

那时，童苓正在家洗澡呢。

许如龙，正在楼下等着她呢。

被发现了，被打折了一条腿。

戏班子走了，童苓留了下来。

和许如龙成了亲。

直到解放了，直到"文革"。

许如龙，因为写过鸳鸯蝴蝶派小说，当然不会有好日子。

童苓唱过才子佳人，也被拉上台批斗。

许如龙受不了这个罪，一条绳子，结果了自己的性命。

当年也曾有另一个街划子迷恋过童苓，但她当时根本没正眼瞧过人家。

这个人，现在做了革委会的一个头目。

哭罢许如龙，童苓也给自己准备了一根绳子。

这时候，当年迷恋她的那个街划子一刀挑断了那根绳。

痛痛快快地死，哪那么容易呀？我还没折磨够你呢。

这个时候，杨小楼瘸着腿进来了。

这个女人，现在是我的了——我当年，可是看过她的哩。

街划子一愣，脸上立时讪讪的——杨小楼因为当年的丑事，早已没了营生，流落成一个赖汉，跟没本事的人较劲，也跟有本事的人较劲，刺闹得很——再说，这个童苓也早由当年的一颗鲜桃变成核桃了。

拍了杨小楼一掌,走了。

童苓的泪流了下来,说你当年看过我,我的身子,你拿去吧。

童苓的意思是想报答他,今后,也好有个照应。

杨小楼叹一口气,说当时天黑,又紧张,哪能看见什么呀。

不过幸亏什么也没看见,要不然,我哪有勇气来救你呀?

每晚,都守在童苓的楼下。

毕恭毕敬。

一个雪夜,他又来推童苓的门,却发现门从里面反锁了。

一抬头,看见童苓凤冠霞帔,长袖飞舞。

因为好久没唱,又因为年老少了中气,那戏,听起来就有些好笑:

何处秦淮问酒家,青溪门巷夕阳斜。
春明旧事关心在,宫艳销魂为杏花。

唱完,袅袅地从楼上扑了下来。

琴　砖

没写错:琴砖,可不是秦砖。

虽然秦砖中有的是琴砖,可是当初造砖的时候,没人想拿它来支琴。

这些能当琴砖的秦砖密度低,里面空隙大,又被多年的岁月滋润，火气尽褪，叩之有声。

低沉，浑厚。

用来支琴，琴声就类似于今天的低音的效果。

也不知是谁最先发现的，反正，后来成了一种时尚，良琴的主人，必定想着法子弄得一块这种被古人看来是次品的秦砖了。

这种砖一两尺长，侧面是个正方形，每条边一拃有余。

多用来做城砖。

城砖，那可是公家的。

公家的东西有专门的监造官，容不得半点马虎，砌城墙时还有专门的督造官，不合格的砖，一般当场就废了。

侥幸留存下来的，可不是少之又少？

能得到这样的一块砖，那更是少之又少了。

物以稀为贵，有时候，一块这样的琴砖，可能比支在它上面的琴贵重许多呢。

沈兰亭，有一把古琴。

叫做"金徽"，乃是唐代蜀中名手雷威所制，贵重得不得了。

平时当然不肯轻示与人，就是自己想看，也必焚香净手，选定良辰吉日。

当然，也有一个密友，来了，不仅可以听到沈兰亭的琴声，还能袒胸赤膊肆意饮酒。

有好东西的人都这德性，你想想，虽然不敢轻示于人，可如果真的一个人也不知道他有这么个宝贝，和没有又有什么区别呢？

这个密友，叫冷梅。

清江浦的一个小吏。

算起来，人家写得诗作得画，也算得上是个文人呢。

他沈兰亭,无非是一介布衣而已。

只擅弹琴。

月皎风和,沈兰亭操琴,冷梅倚案品酒,两个人都不说话。

最后,冷梅或是写诗或是作画。

然后,掷笔而去。

沈兰亭就站起身朝月影里作一个揖。

他那时只是个写八股的书生,父母早亡,家里又没个人替他操持营生。

只得靠售卖冷梅的字画谋得一个肚儿圆。

哪里置得起琴砖哟。

可是后来冷梅竟得了一块。

是花了大价钱从古董商那里买来的。

喜滋滋地取来给沈兰亭支琴。

那琴声,果然就不一样了。

仍然听琴,仍然作诗或作画。

可是总觉得诗或画没有先前的好了。

想来想去,心里明白了:可能是我的心有了杂念,不再纯净了呀。

嘴上却没说出来。

嘴上说的是这样的话:你参加科举吧,这下,能考中了。

你不是说我还缺火候吗?

说老实话,我一开始总觉得你的八股文缺少一种火候,现在我从你的琴声中发现,这股火候,你我都有了呀。

摇摇头,负砖而去。

两个人是朋友嘛,接济沈兰亭参加科举,那还是有义务的。

果然就考上了。

做了一个比冷梅大一点的官。

官府给他配了一所属于他自己的宅子。

没事的时候,还喊冷梅过来听琴。

冷梅负砖而来,要走的时候,沈兰亭拉住他的手说,这块砖,你就不必背回去了。

我这样大的一个宅子,你还怕人偷了去?

冷梅笑笑,说我明天就要去泗州治理黄河,这块砖,放你这里也好。

泗州是清江浦治下的一个小县城,在洪泽湖边上,年年水患,几近淹没。

要治理谈何容易?

果然,不久,冷梅就累死在泗州了。

人家冷梅又没说那块城砖送给沈兰亭了呀?

人家冷梅可是有家小的呀,那块琴砖,按理得归还给冷梅的家小呀。

可那是一块琴砖呀。

抚之温润如糯,叩之泠然如玉。

好砖呀。

沈兰亭抚砖痛哭:我,该是为这块砖而生的呀。

白天,去抚恤冷梅的家小。

晚上,只能独坐。

不敢抚琴了。

他那把琴,和这块琴砖其实是共鸣的,无论在什么地方弹,琴砖,都能发出玉石般的泠泠之音。

他是怕人知道自己私藏了老友的这块琴砖呀。

一直到冷梅的儿子长大成人。

冷梅的儿子变卖家产，要去江西做生意。

临走，抱来了一把古琴，要赠送给沈兰亭。

也是金徽，形制稍大。

蜀中雷氏金徽，存世仅两把，大者为公，小者为母。

家父生前，一直想谋夺你这把母琴呢。

我怎么从来没看出来呢？

唉，家父虽然爱你这琴，可是他不擅琴艺，他觉得，还是留在你这里比较好，至少，他能时时来听这琴发出的声音呀。

惭愧呀，沈兰亭长叹一声，取出那块琴砖，为了得到你父亲的这块琴砖，我可是好长时间没弹琴啦。

在冷梅墓前，沈兰亭用那块琴砖支好两把金徽。

以指轮琴，皆不发声。

成了废琴。

琴砖，却兀自嗡嗡地响。

细辨其音，竟是一段《高山流水》。

一曲终了，那琴砖渐渐酥软，最后，成了脚下的一摊烂泥巴。

沈兰亭怅思良久，扑通跪了下来。

雕　佛

苦寒是清江浦的一个石匠。

一个石疙瘩，他叮叮当当地忙活几天，好了，好像那个石疙瘩踢踢腿扭扭腰，多余的部分就都溅落地下，成了案头上的飞马。

两个石疙瘩，他叮叮当当地忙活几天，好了，好像那个石疙瘩甩甩头松松胯，成了门口的一对坐狮。

像古书里形容美人儿的那样：增之一分则太长，损之一分则太短。

就这样的一门手艺。

也算是做到了极致。

把手艺做到极致，那就和刚入门差不多了：刚入门，对自己的每一件作品都不满意，做到极致呢，也对自己每一件作品不满意。

甚至还不如刚入门的呢：刚入门的一对自己的作品不满意，人家就会再下工夫，朝自己满意里做。而苦寒呢，一件作品出来，怎么看，都没有瑕疵，可是怎么看，又都不舒服。

你说，能不郁闷吗？

有一回，在谭季庵的诊所看见一块青石。

一开始也没怎么留心，进门时看一眼，出门时，又看了一眼。

然后，就提着谭季庵打的一剂药回去了。

那剂药在砂锅里咕嘟咕嘟冒泡的时候，苦寒还想着那块青石。

厚厚脸，又跑到谭季庵的诊所去了。

也不开口讨要，还是进门时看一眼出门时看一眼。

此外，绝不多瞧一下。

如此一月。

再来的时候，谭季庵就笑。

说你的病，早好了呀。

我得过病？

这一个月，我都是到你这里来看病的？

是呀是呀，你的舌苔发黄四肢无力，我给你用了一个月的药，可你的病，不是我的药治好了的呀。

我的药，在你吃第三剂的时候没有发挥效果，那就治不好你的病。

你的病，是自己治好了的。

或者说，是我门口的那块青石治好的。

谭季庵抱起那块青石。

现在，如果得不到这块青石，你的病，会再犯的，而且，我敢保证，如果这次犯，会比上次重。

治病的人其实最怕人得病，现在，我把这青石送你得了。

谢谢你，苦寒说。

你这话一说出口，我觉得我又犯病了。

坐在门槛上，提不起半点力气。

我的头脑中本来盘算着把它雕成一尊佛的，现在这块青石到了我手里，在我的眼中已经是雕成后的模样了。

唉，和我这一个月想像的一模一样，你说，我还有什么惊喜呢？

没事没事，你再服我一剂药吧。

这剂药服了，苦寒的眼就瞎了。

眼瞎了，心也就安静了。

整天抚摸着那块青石。

又一个月，那块青石，被苦寒雕成了佛。

这尊佛，被苦寒恭恭敬敬地供在佛龛里。

还是有人看到的，就说那佛是如何如何地好。

有人就根据这些描述出了一个天价。

苦寒的儿子，那也是石匠里的高手。

背着父亲，做了个一模一样的佛。

盗出苦寒雕的佛，卖得了那个天价。

把自己的佛，放到佛龛里。

早上上香的时候，苦寒的手抖了一下。

没碰过那佛，看不见那佛，还是问：

这个佛，是我雕的？

这个佛，是我雕的？

苦寒睁大空洞的眼睛。

儿子一吓，扑通一声跪了下来：您不是瞎了吗，怎么还看得见？

买佛的人，就是谭季庵，瞧，人家把佛送来了。

这个佛，我不该得。

放在家里一宿，我就提心吊胆了一宿，得到不该得的东西，那也是一种罪孽呀。

摇摇头，再看一眼那尊佛。

好东西呀，谭季庵头也不回地走了。

别走呀，您，把我的眼睛治好吧。

我想看看这尊佛。

你的心，不是天天看它吗？

难道心不比眼看得细？

嘴里这样说，谭季庵，还是治好了苦寒的眼疾——他当初给苦寒吃的药，也只时暂时让他失了明，再恢复起来，那还不容易？

真好呀，苦寒一遍遍地看他手里的佛。

然后，用锤子砸得粉碎。

苦寒活到九十八岁，死的时候很快活。

那时候，他的手里正雕着一尊佛。

厨子（淮扬菜系列之一）

钵池山属淮安，有专门的菜系，叫淮扬菜。

淮扬菜，不是淮安和扬州菜肴的合称——扬州，人家叫维扬菜。清朝的时候，淮安有个淮扬道，是为盐商和河督们所设的机构，盐商也好，河督也罢，都有使不完的银子，淮扬道，也就成了摆谱儿的地方，妓院呀烟馆呀什么的先不说了，就说酒馆吧，都知道这是个赚银子的地方，可是，你得有拿手的绝活，没有一两样端得上酒桌的菜，你这酒馆，也是开不长的。

厨子们要是在这里站稳了脚跟，他，到哪里都少不了一口饭吃的。

想着法子弄新菜肴。

当时有一个叫薛福成的人写了一本《庸庵笔记》，里面提到不少这样的新菜肴，我就不说了，有兴趣，您可以找来读一读，读过了，您就知道什么叫"奢糜成风"了。

我说一道别人很少提及的菜肴：三声"吱儿"。

取刚出生的小鼠一盘（活的），调料一碗。食用时，食客投箸夹鼠，小鼠即会发出"吱儿"一声。放到调料里，小鼠被调料呛着，又会发出"吱儿"一声。将小鼠放入口中，用舌头慢慢地舔它身体上的调料，舔尽了，小鼠的身体也得到了温暖，好了，它在食客的口中开始蠕蠕地动了，四只肉乎乎的小爪儿在食客的舌头扒拉来扒拉去，这个时候，食客趁其不备，用了牙齿轻轻将其身体咬碎，小鼠又发出"吱儿"一声。

这个吃法，比起《庸庵笔记》上的"烤活鹅掌""挖活猴脑"，少了一分恐怖，多了一分情趣。

残忍，那就不是饕餮之徒们考虑的了。

你想想，在商场上，在官场上，比这更残忍的事他们都做得出，还会在乎个这？

能做得出这样菜肴的厨子，在淮扬道，那才算得个真正的厨子，才能被盐商河督们看重。

酒馆里，少不了他颠勺使瓢的地儿。

偶尔歇下来，也闲不了，被盐商河督们争着抢着买来买去。

买他歇下来的这点时间，然后，让他带上谋生的家伙，坐上备好的轿子，抬到生意场上需要意思意思的客户那里，抬到官场上需要意思意思的上司那里，给他们做一顿合口的饭食。

这，可比使银子送礼受欢迎得多。

程禹山，每年都要买这样的厨子一到两回。

他，可不需要到客户那里意思意思，也不需要去做官的那里意思意思。

你想想，钵池山有一半是他的，清江浦，至少也有三分之一是他的，他收别人孝敬的厨子还用不清呢。

他买厨子，是送给景慧寺里的住持范益和尚的。

钵池山，不属于他程禹山的那一半土地，是属于景慧寺的，是寺田。

景慧寺，收着这些田的租。

范益，他程禹山也是不敢望其项背的。

人家，是得道的高僧，在钵池山人的心中，是神。

程家，每年也少不得给景慧寺送点香烛钱呀灯油钱呀什么的。

给范益，就送个厨子吧。

今年春节，给范益送的这个厨子，是别人送给他程禹山的。

给程禹山做的，就是这道"三声'吱儿'"。

用象牙箸夹了一只小鼠，慢腾腾地品了半天后，程禹山，就喜欢上这个厨子了。

问：送你来的那个人，买了你几天？

三天。

哦。

你，可会别的拿手菜？

会的。

哦，那坐下和我一道吃吧。

吃过了，我把你送景慧寺去。

可是我只会红案，不会白案呀。

厨子有点为难：红案，一般指的是做荤食，而白案，指的是做素食。

没事，吃吧，吃过了，就让人抬你去。

程禹山低下头，不说话了。

那，我再给您多做几个菜吧。

程禹山低着个头不说话。

吃罢了饭，厨子拿了他那个油乎乎的抹布，坐上程家的轿子，去景慧寺了。

程禹山低着个头，什么也没说。

管家程门不放心，说，给范益送这么个厨子，怕是不妥吧？

程禹山有些不耐烦，说你懂个什么呀。

程门就不敢吱声了。

一天半，程禹山就叫程门把那个厨子接了回来。

问他，你给范益做了什么菜？

一天三顿，我顿顿给他烧开水。

程禹山笑笑，说，他一定喝得很滋润。

厨子说临走，他还赏了我呢。

程禹山说那个抹布，都叫你煮白了。

他能不赏你吗？

程禹山又对程门说，明年，别给景慧寺送香烛钱呀灯油钱呀什么的了。

他范益不配。

为什么呢？

程禹山没回答，程禹山对那个厨子说你留下来吧，留下来，帮我照应生意上的事。

你们做厨子的，把食客的心事摸得准准的，做起生意来，不会差到哪里去。

厨子就知道程禹山是明白他给范益烧开水的用意了，张开嘴呵呵地笑。

是呀，范益这个和尚，最想吃的，其实还是荤腥，可他又不好明着说出来，而厨子的抹布，你想想，少得了荤腥么？

妓家菜馆（淮扬菜系列之二）

清江浦是个非常适宜摆阔的地方，老百姓没钱，可是盐商们有钱呀，可是官员们有钱呀。

在贫富悬殊的地方，摆阔，才显得有意义嘛。

盐商们摆阔，都是掏自己的钱；官员们摆阔，那用的都是朝廷拨下来的饷银。

你可别以为盐商会瞧不起清江浦的官员，事实上，官和商，无论在哪个朝代都是最亲密的。

清江浦有个花街，就是为这些有钱人准备的销金窟，每一家的妓院，都有一两个叫得很响的当家妓女。

盐商和朝廷的银子哗哗地淌。

今天带的银子花光了，到了明天，人家又来了。

这才叫个爷。

作为一个爷，花谁的银子不重要，重要的是没银子花。

他们瞧不起的是去妓船上的那些人。

花街的尽头是一条运河，到了晚上，就会有三条四条花船——花船其实很寒伧，只因为是妓船，故得此名——泊下来，一块跳板将船舷和河岸连结了。

岸边一盏风灯。

船上一团漆黑。

有人提灯上船，妓家在黑暗中接过灯，船篷里，才亮起来。

船篷的布有几层，可以根据客人的要求添加。

谈好的斤头（价钱），船上的苍头（类似于花街妓院里的龟奴）便撤下跳板，在船头另挂一盏更亮的白炽灯——一方面，是提醒将要来的嫖客：这里的姐儿正在接客；另一方面，也是吸引其他人转移注意力。

杨海林，也经常来这种地方。

他只是个落魄的才子。

有个盐商过去是杨海林的同学，那时候，总是被杨海林看不起的：你能和我做同学，不就是因为家里有许多钱吗？

喊。

现在，这个同学做了盐商，人家成了去花街花钱不眨眼的主儿，轮到他瞧不起杨海林了：你就是有日天的本事，还不一样往妓船上钻？

有本事，也去花街上消费一回呀？

杨海林就笑，说我如果去了，那不就和你一样了吗？

可不是因为这个杨海林和我同名同姓我就为他撇清——这种妓船，没有生意的时候也可以类似于饭店旅馆。

杨海林，迷恋上船上一个叫沈五娘的妓女做的菜。

这种船上的菜叫妓家菜，那是入不了流的——花街上的妓院，人家也给客人安排饭菜，甚至可以根据客人的身体情况暗中配菜，使他们壮阳或泄阳，可是人家从不叫妓家菜。

人家那菜，叫药膳。

吃过喝过，一仄身，就在船舱里躺下，沈五娘要是想接别的客人来，可以当他不存在。

有一回，杨海林吃罢饭，拉上布帘睡下。

沈五娘往他的被窝里钻了。

别。

杨海林嗫嚅着。

等我们到了钱塘，我大红大绿地接了你。

沈五娘就笑，说傻子哟，你以为我会跟你去钱塘？

你已经不是我的啦。

那个时候，杨海林已经考取了功名，人家，要去补一个钱塘县尉的缺。

几天前，杨海林把这个消息告诉五娘的时候，五娘并不高兴。

五娘说以前我资助你吃喝用度，希望你功成名就。

现在却又盼着是魁星爷让你功不成名不就。

因为你一旦成就了功名，我就不配和你在一起啦。

我是不会和你去钱塘赴任的。

杨海林说你也许在别人眼里不是个好女人，可是我不计较的。

可是我计较呀，我不允许我心爱的人娶一个妓女——就算这个妓女是我，我也不愿意。

我怎么能忍心让我费了那么多心血的人去娶一个妓女呢？

五娘的身体洁白明亮，在漆黑的夜色中闪着蓝莹莹的微光。

杨海林谛视良久，一鞠躬。

再鞠躬。

有个河南的作家说我的小说太晦气，总是出现死人的情况。

那么这个五娘，我怎么安排她的命运？

我说她后来离开了杨海林不知所终？

我不知道这样的说法会不会让这个作家满意。

但是杨海林我是知道的。

他后来没有去赴任,在清江浦的运河上租了条花船,开了个饭店。

店名就叫妓家饭馆。

菜谱,都是当年五娘做的。

生意很火,来的,经常有曾经笑话过杨海林的那个同学。

吃过饭,他总是要去厨房看看杨海林。

你是个爷。

他说。

每天打烊时,杨海林总要端详那个黑底绿字的招牌。

闪着蓝莹莹的微光。

秦家兄弟(淮扬菜系列之三)

秦家饭馆只有一间门脸儿,操作间是在外面倚墙搭的披房,择菜洗碗呢,就在披屋前的空地上。虽然小,却也上下两层,楼上的一间隔成两个包间。楼梯很仄,只能一个人上下。

掌勺的师傅当然姓秦,叫秦海波,跑堂兼其他事务的,也姓秦,叫秦海林。

秦海波没上过几年学,十多岁就在淮扬菜的大饭店里混,如今刚过而立,可在淮扬菜的厨师中咳一声也是个能弄出点动静的人物了。

他的手艺如何地好我就不说了吧,这个饭店虽然小,但你能从来来往往的客流量上看得出来——手艺不好,谁来这么个逼仄的地方吃饭?

我说另外一件事。有一次,一个老客在包间里点了个火烧马鞍桥,这是淮扬菜中的名典:取黄鳝极肥极大者,斫其中段红烧,每段一指长,这样长度的黄鳝烧出来便弓如马鞍,而汤汁经生粉提稠后须全部浓缩于黄鳝的肚子里。

秦海林苦巴苦撑地学了个大专,凭这张文凭在社会上混了七八年,也没混出个人样,只好在弟弟的这饭馆里投了一笔钱,两个人,算是合伙吧。

秦海林业余写点小小说,虽然不抵事,在周围的圈子里却也浪得些虚名,偶尔也会有比他小一点的文学青年找来,把他当作老前辈。

就有个文学青年这时候找他了。

请他看自己的一篇习作。

她自己呢,端了那盘火烧马鞍桥噔噔噔地上去了。

包间里的客人尝一口后,下楼到操作间责怪秦海波了。

秦海波烧的马鞍桥有点生。

秦海波一愣,他算了算时间和火候,断定问题不会出在自己身上。

出来一看,秦海林正坐在楼下的门脸里看稿子呢。

哥,那盘马鞍桥是你送进包间的吗?

不是,是一个朋友替我送的。

哦,这就难怪了。

秦海波对客人说,我哥走路慢,所以这个菜我用急火烧成七分熟,如果是他送到你的包间,菜自身热量释放的时间会长一点,九分熟肯定刚刚好;而他的朋友走路快,热量释放的时间不够,所以你吃到嘴的时候才八分熟。

你看这个秦海波,菜做得精,菜外的功夫也琢磨得透透的。

相比之下，和秦海林这个一无是处的哥哥搭伙做成意，秦海波就觉得亏。

秦海林，人家好歹也是个搞文学的，弟弟的脸色，他能看不出来？

好聚好散吧，秦海林拍拍手出了秦家饭馆，一转身，在隔壁又开了个秦家饭馆。

秦海林没入过厨师这一行，以前，也只是看着秦海波做，现在他要开饭馆当掌勺大师傅，能行？

靠他的朋友和搞写作的文学青年撑了两个月门面，秦海波就叹口气，哥，你的饭馆早点关了——关得迟，赔得越多。

干嘛关了呀，我才上瘾呢。

咦，有了这两个月的操练，秦海林，也勉强把菜做得有滋味了，陌生的客人来点几个菜，好像也没有不满意。

秦海波的饭馆缺了人，人家把自己的老婆叫来端菜跑堂。秦海林呢，也把自己的老婆叫了来。

不让她端菜跑堂，让她颠锅抡勺。

秦海波说哥呀，你做的菜勉强被人接受，怎么又让嫂子做了呢？

秦海林就笑，说要是我掌勺，那生意肯定不如你，我得出奇制胜呀。

秦海波一直做厨师，并且很看重这职业，他觉得秦海林纯粹是拿饭馆开玩笑，在亵渎这个行业。

秦海波很反感，一开始他以为秦海林是跟他憋着一口气，所以后来松了口，让秦海林回来继续合伙。

可是秦海波不干。

渐渐地，秦海波就发现，哥哥的饭馆开得越来越红火了。

自己的饭馆虽然也不错，但秦海波却不服气——他靠的是手艺呀，秦海林没有手艺，怎么能把饭馆搞得那么红火呢？

决定去看一看。

正好，有客人给秦海林提意见：老板，你这菜里的配料太次了，大椒一点辣味也没有。

秦海林不慌不忙，道一声得罪，说，主料不敢糊弄您，但如果配料也选好的，那价格势必会很贵，如果菜很贵，除了您，我还会有别的客人吗？

一句话，把客人的气说没了，呵呵笑着，还挺得意。

有客人嫌菜上得慢，秦海林说，我不像别的饭馆，我是为您好——不熟，我不能给您端上来呀。

客人也没脾气了。

有人点菜，秦海林拿着菜谱上去了，看一看客人，推荐了几个菜，然后，客人还想多点，秦海林说：我推荐的菜都是我们这里最有特色的，您的朋友也不多，再点，就浪费了。

客人说好朋友难得聚一次，浪费就浪费吧。

秦海林说：我的饭馆子小，为了保证给客人提供的菜都是新鲜的，每天我只进很少一点，您浪费了，别的客人就吃不着啰。

背地里，秦海林说，这个请客的人一看就不怎么宽裕，我得给足他面子，又替他省了钱，以后，他自然会再来。

到年底，两兄弟聚到一起，谈谈饭馆的生意，都不错。

可是秦海波不想干了，想盘了他的饭馆。

好好的，怎么说盘就盘了呢？秦海林不解。

哥呀，说心里话，我总以为我的饭馆开得好是应该的，因为我有手艺，而你一个没手艺的人，就靠嘴里的几句话，居然也能把饭馆开好，我憋屈呀。

秦海波说。

朱大可（淮扬菜系列之四）

我们这里的菜系叫淮扬菜，原料普通，口味折中。

讲究的，是烹饪的技艺。

我这回要说的，是解放初期平桥镇上的一个厨师朱大可。

饭馆名字叫鬼腰桥，在淮安的方言里，"鬼"，有时可以当动词用，有向下弯的意思，鬼腰，就是驼背。

他的饭馆门前就是鬼腰桥，桥下活水，时有甲鱼经过。

饭馆是朱大可所开，掌勺的却不是他，是另外一个黄胖子。

他自己是个甩手掌柜，如果有比较重要的客人，才会上手做一道甲鱼汤。

客人上桌了，他就会取出一把崩钩，穿了猪肝，下到鬼腰桥下的河中。

猪肝是大腥之物，甲鱼喜腥，就着了他的道。

甲鱼也是大腥之物，朱大可做的甲鱼汤却没有一点腥味，热可佐酒，冷可泡饭。

而朱大可做甲鱼汤很干净，绝不添作料，清得就像一碗水，喝到嘴里温软浓糯，口腔里稠稠的，香得令人沉醉。

做法乃是祖传。

相比之下，黄胖子就显得落寞了些，他自认为手艺不错，可是呢，客人们都是冲着甲鱼汤来的，他就是把菜做得再地道，谁会注意呢？

黄胖子很郁闷，一郁闷，就起了别的心思。

他打起了谢春花的主意。

谢春花早已是秋天的菠菜了，黄胖子暗地里跟她暧昧，只因为她是老板娘。

有点解恨的意思。

一开始谢春花也当他是开玩笑，后来呢就认了真，女人在这方面一认了真，那可比什么都可怕。

黄胖子开始还在应付，后来就开始逃避了。

哪里逃避得了哟？

就想办法，让谢春花知难而退。

让她搞清楚那甲鱼汤的做法。

谢春花平时没留意这个，火急火燎地问，朱大可只是稍微奇怪了一下。

还是说给她了。

祖上的秘方，说明白了其实很简单：杀甲鱼时用它的一半胆汁先把甲鱼肉腌一遍，然后冲净入锅，将熟时再放入另一半胆汁。

黄胖子和谢春花的事，早已是沸沸扬扬。

谢春花也奇怪，朱大可，竟然把祖传秘方不费劲地说给她了。

会不会有诈？

朱大可笑笑，第二天，当着黄胖子和谢春花的面，把甲鱼汤做了一遍。

然后，解下围裙，在鬼腰桥下洗了把手，走了。

这个饭馆，很明显是让给了黄胖子。

很多年后，黄胖子也做了甩手掌柜。

但他从不做甲鱼汤。

有一天，黄胖子在鬼腰桥上看风景，就看到一个年轻人用崩钩钓甲鱼。

甲鱼吞下崩钩上的猪肝，想走，一走，就触动了崩钩上的机关。

啪，崩钩就张开了，卡住了甲鱼的喉咙。

黄胖子愣了一下，就笑，对那个年轻人说来吧，我做甲鱼汤给你喝。

谢春花看了这个孩子也流了泪，她一开始以为是朱大可那方面有毛病，生不下孩子。

可他后来跟了黄胖子，才知道是自己有毛病。

留下了这孩子，在饭馆里，打下手。

黄胖子的生活原来过得没滋味，现在呢，喜欢听听戏了，喜欢下下棋了。

临死的时候，黄胖子说，我以前就听说大可有个相好儿，他那年离开饭馆，我就觉得可能是去找那个相好了。

但是一直没有准确的消息。

我老是觉得愧对了他。

现在这孩子来了，正好把饭馆交给他，我也不亏欠他了。

舒了一口气，很安心地走了。

只有谢春花暗自流泪。

当年朱大可有相好的消息是她散布出去的，目的，就是让黄胖子心安。

虽然这孩子不会说话，可是谢春花从他的手势里知道。

他，是被朱大可收养的。

第五辑·鬼脸

焗油的牛

老杨看见我时,两只小眼闪着异样的光。

老杨把手伸进牛贩子的袖子里,比画了一下。

我知道,他出了一个极低的价,试探牛贩子的反应。

牛贩子愣了半天,他说拉倒吧,跟我做生意,不需要搞得神神秘秘——我这可是正宗的"黑白花",难道还怕脱不了手?

牛贩子说了一个让老杨的耳朵"轰隆"一响的价。

老杨便围着我前前后后地转,掰开我的嘴看看牙口,又捏了捏我肚子上的肌肉,掀起我的蹄子看看有没有铲过的痕迹。

最后,老杨拿了把笤帚把我身上的草屑扫净,问:"花花,愿不愿意跟老爹过好日子?"

老杨说话的声音绵绵糯糯,腻得我冷不丁打了个寒战。

老杨搂着我的脖子,这个亲密的动作正好让我闻得着他干净外衣里透出的汗味烟味还有别的什么气味。

我闻不惯老杨身上的这种气味,"哞"地叫了一声。

老杨惊惶地往旁边让了让。

这个时候,我看见牛贩子淡淡地笑了笑,暗暗地努努嘴。

一个人就走过来了,他也掰开我的嘴看看我的牙口,又捏了捏我肚子上的肌肉,掀起我的蹄子看看有没有被铲过的痕迹。

老杨警惕地瞪着眼。

那个人折腾半天，脖子一扬，问："多少钱？"

老杨心里一喜，这个人，肯定是把他当牛贩子了，老杨把手伸过那个人的袖子里，伸手比画了个价格。

那个人一愣，显然，他闹不明白老杨那几根手指比画出来的是多大的数目。

老杨有点失望，最后试探着说了一个隐语："五月半的黄豆。"

五月半的黄豆都种到地里去了，都发芽了。

那个人就知道了，老杨说的，是个"9"。

9000。

那个人又掰开我的嘴看看我的牙口，又捏了捏我肚子上的肌肉，掀起我的蹄子看看有没有被铲过的痕迹。

最后，拍拍手，从破棉袄里掏出一迭子钱。

"你想买？"

那个人头也不抬："买。"

"不嫌贵？"

那个人抬头看了老杨一眼，好了，手里的钱不数了，他冲着老杨发火："你出得起这个价，我出得起这个钱，我嫌不嫌贵，关你什么事？"

这个人一嚷，牛贩子过来了："哦，这老头，也是买牛的。"

牛贩子替老杨解围。

那个人白了老杨一眼，又开始数手里的钱。

老杨死死地攥着缰绳。

"我说，你别忙着兑钱。"

老杨轻轻地碰了碰那人。

"干嘛？"

"牛缰绳在我手里呢。"

牛行里有祖辈传下来的规矩，谁先握着牛缰绳，就表明谁先有意买这头牛，后来的买家，得让着他。

"你买？"

"买。"

老杨脸上堆满了笑。

"不嫌贵？"

"不贵，这是黑白花，良种奶牛。"

为了缓和气氛，老杨甚至有点不好意思地讲了个有关的荤段子。臊得我怪不好意思，这个老杨，从哪里听来的？

因为有祖辈的规矩，那个人在老杨的荤段子中冷着脸悻悻而去。

我刚才说老杨看我的样子像是讨老婆，你知道我是开玩笑的。

老杨的老婆早去世了，他的新媳妇，现在在人家做着奶奶呢。

我是一头牛，老杨希望我能产好多好多的奶卖给奶厂。

有了产出的奶，老杨才能兑现他的承诺——让我过上好日子。

可是产奶不是我的事。

我只是头黄牛。

牛贩子在我身上焗了黑色和白色，我竟被老杨当作奶牛买回来了。

到老杨家不久我就开始褪色。

还原成原来的样子。

老杨骂了半天那个牛贩子，又打了半天我。

也许是老杨打我时使了太大的劲，他病了。

病好了，老杨安慰我和他自己：也许，这就是咱爷俩的缘分。

虽然派不上用场，可是老杨还是细心地照顾我。

谁让他和我是爷俩呢？

有一天，我正在河边喝水，老杨也在河边喝水。

喝完水，老杨给我讲他的相好儿。

只要老杨买了奶牛，那个相好儿就会过来给他做媳妇。

劈柴，挤奶，在墙根下晒暖儿。

老杨的眼神迷离，有点像在念海子的那首诗。

马路上来了几个人，要带我走。

说是那个牛贩子被抓到了，我属于赃牛，得先收回去。

老杨的钱，如果追缴回来的话，过一阵子也得发还给他。

老杨很高兴，可是看看我，又有些舍不得。

"要不，这头牛仍然给我，那些钱，我也不要了。"

"不行。"那些人说。

被那些人带进城的日子，我的鼻孔里一直有老杨的汗味烟味还有别的什么气味。

我知道老杨有良心，不会扔下我不管。也许收到自己的那笔钱后，老杨会花个合理的钱买下我。

可是今天，老杨的气味居然一下子没有了。

我耸起鼻子狠狠地吸了一下。

一鼻腔淡淡的汽车尾气。

我挣开绳索一路狂奔。

穿过城市的柏油马路，穿过乡村的沙石路。

我看见老杨的小眼睛闪着动人的光，他的身后，是他的新媳妇。

我停了下来。

老杨和他的新媳妇一下子没有了。

我发现，地上有一座崭新的坟。

这个时候，我真希望那个牛贩子能再次将我焗成"黑白花"的样子，让我活在老杨地下的梦中。

鬼　脸

我们这地方旧属楚地，楚人好巫，巫则喜鬼。

这里的人深信鬼也有愿意帮助他们的，这些就是善鬼。只要跟善鬼搞好关系，以邪治邪，请他们对付恶鬼，不但效果好，还省了人的许多麻烦。

要跟善鬼们搞好关系，必得在家中悬挂鬼脸。

鬼脸没画好之前，是木头的，下面一个圆，上面呢，是一个用来悬挂的柄。

这个时候叫素脸。

被买回去挂到墙上的，是在素脸上彩绘过的。

文化馆的吴大可馆长，就是彩绘的专家。

他画的鬼脸，不仔细看，那就是一团锦簇的花朵。

细看了，那眉眼，那獠牙，才渐渐清晰起来。

给他提供素脸的，是一个合作多年的木匠，叫李子如。

李子如的素脸，选用的都是三十年以上的桃木，伐下来，要在药液里煮一个时辰，然后在屋里阴半个月。

这样做成的鬼脸，不干裂，也不会被虫蛀。

吴大可的鬼脸很畅销，可是李子如的素脸却跟不上他用。

吴大可知道，李子如的活，急是急不来的，所以呢，这么多年来，虽然免不了磕磕碰碰，可合作得还算愉快。

吴大可这么多年只和李子如合作，私底里，他还有另一层心事。

他听说过李子如家里有一个祖传的鬼脸。

这个鬼脸，李家人多少代一直用自己的血液供养，不仅桃木温润如玉，而且面目极其狞恶。

李家人刺指饲血的时候，鬼脸儿会自己伸出舌头来舔。

清江浦一直有传说，认为这样的鬼脸已经被养活了。

养活了的鬼脸，可以给人治病，不管怎样的疑难杂症，只要能被它舔一下，那么，病就可以痊愈。

吴大可一开始不信。

直到有一次，吴大可的父亲得了食道癌。

李子如提着一个小包去医院看望过吴大可的父亲一回。

李子如一来，就把病房里的人撵了出去。

那个时候，吴大可的父亲已经深度昏迷。

出来时，李子如什么也没说就走了。

从那之后，老父亲的病竟一天天好了起来。

老父亲说李子如当初来看他的时候，他觉得脖子好像被一种软软的东西舔了一会儿。

难道，李子如真有一个活鬼脸？

私底下问李子如，李子如笑而不答。

不回答就不问了。

吴大可，表现得很豁达。

两个人仍然是很要好的合作伙伴。

李子如喜欢喝大叶子茶。

他的茶叶都是街面上那些挑担子的浙江女子卖的，成色差，价格当然便宜。

很适合李子如这种家境不好但有品茶嗜好的人。

自从吴大可的父亲病愈后，吴大可就经常给李子如送好茶叶。

吴大可说这些茶叶都是买鬼脸的人送给他的。

李子如虚央央，就收下了。

两年之后，李子如生病了。

到医院一查，竟是一种很棘手的病。

素脸是做不了啦。

吴大可呢，隔三差五的，还是往李子如的病房跑。

还给他送茶叶。

有一天，病床上的李子如忽然对儿子说，你撮一点这茶叶，请人化验一下。

您是怀疑这茶叶有毒？

李子如笑笑，你去化验吧。

化验的结果很快出来了，就是店里卖的普通茶叶。

吴大可再来，李子如就叹一口气，说我知道我为什么生这病了。

是我的心思太多啦。

从你送我第一包茶叶起，我就怀疑你是想得到我的鬼脸啦。

你的茶叶，我一包也没喝，都扔啦。

你想想，我天天怀着提防的心思活着，能不累吗，能不生病吗？

我家的鬼脸，虽然很神，但它没有传说的那么邪乎。

我的祖上是行医的，那个鬼脸，传了几代，一直是用中药浸泡的，所以它有治病的功效。

每日给它饲血，也是为了增加它的药效。

我那次去你父亲的病房，是给他灌了一点这鬼脸熬过的汤药。

那，你为什么不用这个鬼脸再给自己熬一碗汤药呢？

不用啦，那个鬼脸，也不能治所有的病。

而且，我想用死亡的方式来赎还这些年对你的猜忌呀。

李子如就死了。

死后，他关照自己的儿子，把那个鬼脸送给吴大可。

吴大可抚摸了那个鬼脸半天，叹了口气。

在李子如没生病之前，他送的茶叶里其实是掺了轻微的毒。

他希望李子如在不知不觉中中毒死去，然后再用自己做的鬼脸替换李子如家的这一个。

李子如生病后，他夜夜梦见那个鬼脸嬉笑着舔他的血。

后来，他也生了病，也住在这家医院。

也就是从住院起，他给李子如的茶叶，才是店里卖的那种。

吴大可叹口气，将那个鬼脸从高高的住院大楼扔了下去。

保卫我们的老公

女科学家总是做不科学的梦。

比如现在，她在实验里小睡，就梦见自己和丈夫变成了大猩猩。

不是在动物园，他们，在原始森林的一块石头上相互捉虱子玩。

当然没有衣服穿了，女科学家（或者说女猩猩吧）一边捉虱子，一边指着老公袒露在在太阳底下的私处取笑他。

老公可不好取笑女科学家，因为她已经用无花果的叶子遮住下半身了。

又一只女猩猩走了过来，朝女科学家的老公看了两眼，转身进了更密的矮灌木丛。

丈夫一下子两眼发直，因为他的鼻腔里充满了这只女猩猩传来的愿意跟他交朋友的气味。

他情不自禁地尾随过去。

你要去哪里？女科学家说。

老公朝她摆了摆手，并举起拳头吓唬她。

意思是说你别大嚷大叫坏我的好事，不然，我会让你尝尝我的拳头。

哪能眼睁睁地看着老公寻花问柳而自己无动于衷呢？女科学家尖声咆哮，终于赶走了那个第三者。

当然，她果然尝到了老公拳头的滋味。

她的老公最后拎起她耳朵：拜托你清醒一点，现在是原始社会，男人在外面搞点花头是很正常的。

揪得很疼，她就醒了。

她揉揉太阳穴，想，现在是什么社会，现在是对着电脑里的QQ聊几分钟就能收获爱情的社会，感情的高度膨胀和廉价，随时随地都给男人们的外遇提供充足的机会和条件。

女科学家有了新的研究课题：保卫我们的老公。

这个课题得到了所有已婚女士的支持，她们可不想把宝贵的时间浪费在对老公没完没了的猜测、盘问和跟踪上，事实上，男人们都狡猾得像狐狸一样，等女人们的这三种手段刚奏了效（这当然是她们不愿意看到的）的时候，男人们已经写好了离婚协议书等着她们签字了。

女科学家吃住在实验室，她要发明一种类似于感冒胶囊的药丸，如果新郎愿意服下一粒，那么今后，他就不会知道是否会有别的女人喜欢自己。

不知道别的女人是否喜欢自己，男人们当然不会轻举妄动。

好了，就算具有免疫力了。

这种被命名为"保卫我们的老公"胶囊研制成功后，女科学家把她的老公推进实验室彻底地杀了一遍毒，然后，给了他一粒。

亲眼看着他服下。

经过一年的检测，所得的数据跟女科学家预期的完全一致。

在市场上推广，那种火暴的场面，你也许从没见过，但你肯定想象得到。

可是良好的效果并没有维持了多久。

另一个女科学家爱上了这个女科学家的老公。

可是这个女科学家的老公已经具有了免疫力了呀。

这太不幸了。

那个女科学家说。

一个人爱上了他，而"保卫我们的老公"药丸居然让他毫无察觉。

这是对我们这个社会被知情权的一种亵渎。

另一个女科学家吃住在实验室，好了，她发明出了一种叫做"保卫我们爱别人的被知情权"的胶囊。

另一个女科学家给这个女科学家的老公吃了一粒，然后，成功地跟他走到上了婚姻的殿堂。

这也是一个最好的广告。

偷偷买这种胶囊看看自己是否会有外遇可能的男人，并不比买

"保卫我们的老公"胶囊的女人少。

经销商无所谓，发现这两种药具有相同的市场需求量，好了，他们把价格提高了一倍，然后，买一赠一。

让我们来看看有了这两种胶囊后社会变成什么样子了。

没错，一点没变，就是我们现在生活的样子。

先后做过两位女科学家老公的男人现在有了第三位太太——他在与第二位女科学家结婚后偷偷又吃了一枚"保卫我们爱别人的被知情权"胶囊，发现还有一个漂亮的女士爱着他。

我们研究的课题没有错，但我们研究的方向有问题。

两位科学家达成了共识。

她们俩吃住在一起，很快，第三种胶囊应运而生。

是给女士们服用的，名字叫"改变我们自己"。

卖得怎样呢？

这种胶囊一摆上柜台，前两种胶囊就无人问津了。

药效如何呢？

我们来看看娶了三次太太的先生。

他在办公室转了一圈，刚对一位卷发瘦腰的女打字员有些好感，回到家，就发现自己第三任老婆也成了这样子。

看完一节描写大唐王朝的电视剧，好了，他的第三任妻子从浴室出来就丰乳肥臀了，还讲着文言文。

出了一趟国，回来了，竟然发现自己的妻子又成了洋妮儿。

这胶囊有效果吧？

这回，男人们该被妻子们保卫好了吧？

可是，这个男人还是留下了离婚协议书后住到了单位的宿舍。

暂时他还不知道是不是有第四个女人看上他，但是他说：太可怕了。

这话，是说的吃了"改变我们自己"胶囊的第三任妻子。

睡 具

"我们的产品从来没有保修卡，"两个安装工人抬着一个大箱子敲开清新花苑某个住户的门，很自豪地对房子的主人说，"我们的产品是精密仪器，不允许有保修这道程序——嗯，也就是说它决不会有需要维修的那一天。"

"我们把它装进您的卧室？"

您想得没错，这是一台睡具，但是读到我这篇小说您才会明白这是一台世界上最富科技含量的睡具：它不但能在人们熟睡的过程中消除疲劳，还能把人体白天产生的衰老消除——对，就像电脑程序，如果你上了网，可能会产生一些垃圾，甚至会产生一些病毒，它们或快或慢地使你的电脑变成垃圾，就像人最终会死亡一样，恢复的办法就是重新安装程序——而这台睡具，它的功能就像电脑的程序重装，它能把你还原成最初的状态。

每个从睡具里出来的人都能还原成前一天的样子，也就是说，可以避免衰老。

我是这个产品的第一个客户，按他们的规定可以享受折扣的。

付了钱，我打开睡具的门，睡了进去。

忘了说了——这台睡具，从打开门的那一刻起就会自动工作，直到第二天上班时间把我叫醒。

我记得这一天正好是我三十岁的生日。

自从有了这个睡具,我觉得我真的是充满了活力,原来甩掉我的女朋友恨不得杀了我——她的老公现在已经谢了顶弯了腰,一副长者风范,而我仍然像初恋时的样子。

我在一家小杂志社做编辑,我们主编比我大 10 岁,可是现在,他也满头白发了。

我们主编说我现在看到稿子都想吐,你呢,怎么还像刚来时那么充满热情?

那个睡具最初生产出来的时候在我们杂志上做过广告,我说过我们是个小杂志,发行量只有几千份。

为了证明我们杂志上的广告有人关注,我们主编让我当托儿,给这家单位打电话,说在某某杂志上看了你们的广告,对你们的产品很感兴趣。

他们的客服热情得让人感动,我本来只是个托,也就是说并不想买产品,可是结果你知道了,我成了第一个使用者。

我不想让我们主编笑话我买过这个睡具,再说人家这个产品真的有效果。

我们主编很快退休了,我在这里工作的时间最长,很快,我就坐到他的位置。

有一天,我正在办公室里编稿子,忽然有上级部门的人找我谈话,说我的年龄到了,该换个年轻人接班了。

真是的,虽然档案上写我已经 60 岁了,可是我的体质还是 30 岁呀。

我去看我们主编,他已经衰老得躺在病床上了。

他虽然喘着粗气,可是还朝我诡异地笑笑,我把耳朵凑过去,听见他说:"那个睡具你买了吧?"

"我只卖出去一台。"

原来,那个睡具是他发明的。

我说,临死之前很痛苦吧,你为什么不使用你发明的睡具呢?

他忽然不喘了,假装很快乐地说:"其实活着更痛苦。"

晕,他说的话竟然像个颓废的哲学家!

"我觉得挺好的。"

"我可是活够了,不过在临死之前我还有件事要做。"

他说着话,手里拿出一个遥控器。

"这个遥控器只要一摁就会有一个巨大的卧具把整个地球罩住,它会利用太阳能工作,白天吸收能量,晚上自动工作。"

"人会保持现在的状态,世界也会保持现在的状态。"

"不会前进,也不会倒退。"

他临死前果然摁了那个遥控器。

只有我知道,这世界已经被一个巨大的睡具罩住了。

又过了多少年,我发现我们杂志上一下子多了自杀的新闻。这可是不正确的舆论导向,我打电话,以一个老主编的身份责问记者:"不能报道一些积极向上的新闻吗?"

年轻的记者说现在自杀是最流行的一件事情,政府也在鼓动人们自杀呢。

我愣了愣,回到家,敲掉了那个睡具。

我还在院子里自制了一枚导弹,在我自杀前,天空会发出一声碎玻璃的声音。

替 身

影视明星桑得拉在地铁口遇到一个流浪的机器人。

天呐,那个机器人竟和他长得一模一样。

桑得拉把他小心地带回家。

用一个万能遥控器,他把自己的所有信息输了进去。

好了,你现在是我的替身了。

明天,你就替我去拍片吧。

你是谁,我干嘛替你去拍片——我的意思是说我有自己的拍片任务,你瞧,这是我和电影制片商签的合同。

机器人打开桑得拉屋子里的保险柜,取出《陌生时代》的签约合同。

请你离开我的家,要不然,我就报警了。

好好好,我走。

桑得拉笑笑,悄悄地把万能遥控器装进口袋,离开自己的家。

他刚刚被查出患有一种奇怪的疾病,可是他又不敢因此而终止和电影制片商的合同。

那意味着他将付一大笔违约金。

现在有了这个机器人,他可以安心地去治病了。

《陌生年代》是一部科幻恐怖片,桑得拉扮演的是一个具有超智能的邪恶机器人，最后的结局是从五十多层的摩天高楼阳台上跌下，摔成一堆破铜烂铁。

桑得拉躺在医院里的病床上通过各种渠道打听《陌生年代》的拍摄花絮和进展情况。

还好，没有一个人怀疑那个叫做桑得拉的替身机器人，粉丝们还是疯狂地爱戴他，一点不比当初爱戴自己逊色。

影片拍摄接近尾声的时候，桑得拉已经成功地从手术台上走了下来。

当然，他交给了医院不菲的一笔手术费。

我得把这笔手术费再赚回来。

桑得拉在心里说。

《陌生年代》就剩下桑得拉从五十多层高楼上跳下来的镜头没有拍了。

制片商贴出启示，寻找桑得拉的替身。

为了给这部电影造势并追求绝对的真实，制片商在启示中声明，桑得拉的替身将真的从五十多层的高楼上跳下，制片厂不提供任何技术上的支持。

酬金，开得当然是天价。

桑得拉笑笑，带上那个遥控器，和制片商签了合同。

摄像师拍了在阳台上的镜头，然后坐上直升机，准备拍摄桑得拉坠落的过程。

桑得拉笑笑，取出遥控器，给那个机器人设置了跳楼的程序。

那个机器人一头栽了下去。

虽然姿势不是很好看，可是制片商还是按合同付足了钱。

因为那个坠地的过程拍摄得相当真实，这部电影引起了无数影迷的热捧。

票房收入一再攀高。

开完了和影迷的见面会，晚上，桑得拉一个人敲开一个隐秘的院落。

他把一个密码箱交给一个人。

然后，他恭恭敬敬地退出了屋子。

坐在他的轿车里。

打开了他的监控。

画面是他刚才进去的屋里。

一个中年人提了那只密码箱刚准备走，他的身后出现了一只小口径手枪。

扳机轻轻一扣，枪口无声地射出一颗子弹。

倒下去的时候，一个和中年人一模一样的机器人出现了。

你只不过是我的替身而已。

那个机器人笑笑，提了密码箱走出来。

上了另一辆轿车。

他打开密码箱。

里面，不是钱，是桑得拉安置的炸药。

一打开密码箱，就爆炸了。

桑得拉笑笑，他拍拍身边的另一个密码箱。

那里，才是他的片酬。

他发动车。

可是他的手忽然哆嗦起来。

因为他发现车窗外，一个和他一模一样的机器人正朝他微笑。

女　狐

女狐喜欢独自待着。

很多男狐都向它表示过好感，可它连眼皮子也不抬一下。男狐们受不了了，这个打击太大啦。山上这么多男狐总有一个会让你多看两眼吧，你为什么总是把眼皮子耷拉下来呢？

女狐说我想修行。

修行，你是想变成人吗？女狐的追求者们聚在一起，它们暂时放弃了各自的恩怨，是的，它们只有先结成统一战线，让这个女狐打定主意嫁给它们中的某一个，然后，它们才能各自为敌，最后由其中的一个和这个女狐缔结良缘。

我想变成一个女人，然后，像一个女人一样品尝真正的爱情。女狐说。

晕死了，这个女狐是不是脑子有病？男狐们走了一半。

另一半将这个女狐围成一个圆，它们问，什么叫爱情呢？难道——当然，这是假设，假设你肯嫁给我——我俩天天生活在一起，我捕获猎物给你享用，而你给我生一窝小狐狸，这不是爱情吗？

女狐又耷拉下眼皮，说我不知道，我真的不知道呀，只有等我变成人，变成女人，享受过人间的爱情，我才能说是或者不是。

哗啦，男狐们全走了。

不，没有，还有一只没走，它仍然蜷着尾巴蹲在那里。那么，我等你吧。这个男狐说。

女狐天天对月修行，这个男狐就天天守候在它身边，给它提供足够的食物和水。

五百年呀。这个女狐终于修成正果，你瞧，它摇身一变，变成一个翩翩美少女了。

这个女狐太想变成女人了，它一变成女人后就忘了自己曾经是个狐，所以她看见那只男狐本能地"啊"地惊叫一声。

书生来了。书生赶跑了男狐。书生问她家在何处，因何至此。

女狐手里就有了一条粉红的罗帕，女狐转过身，低着头绞着手里的罗帕，答案就有了：小女子本是清江浦人氏，只因家父出门多日未有音讯，如今家母病故，只得出门寻亲，不想误入此山，差点被那老狐强掳为妾，幸遇公子伸出援手，此身无以为报，愿为公子点灯理衾，荐枕席之欢。

书生是个落魄书生，这样的书生更会有她想要的爱情。他们的爱情开始了。

书生每天早晨进山读书，回来时总忘不了采一朵野花。

女狐把花插在鬓角，喜滋滋地为他做饭洗衣，荐枕席之欢。

书生的命里没有功名，可是他太想过那种风光的日子了。

女狐想都没想，就用了自己五百年的修行替他在神那里换取了一年的功名。

书生有了功名，成功人士该有的他都想有。包括爱情。

女狐这时已经还原成女狐，她躲在没人在意的地方看着这个书生张罗着自己的婚礼。新娘坐在自己坐过的床上。新娘羞答答地绞着手里的粉红罗帕，没人的时候，偷偷地掀了半截盖头。

看着书生瘦瘦的身影，新娘抿着嘴不好意思地笑。

女狐觉得，这个新娘，也许就是自己。

你的新娘真美呀。女狐在书生进洞房时悄悄地说。

书生还是听到了，书生停下脚步。这个声音好熟悉哦。可是书生想不起来以前的事，书生只是愣了愣，就进了洞房。噗，书生吹灭了大红的蜡烛。

眼前一黑，女狐从房梁上跌下来。

黑暗中，男狐过来问，你还记得你想要的爱情吗？

女狐愣了半天，说我想不起来了，这几年，我都意识不到我是来寻找爱情的了。

你觉得和书生在一起是爱情吗？

女狐说很奇怪，你这样一问，我才想起来这好像就是我要找的爱情。

呵呵，既然已经知道什么是爱情了，我就得用爱情来回报你陪我的那五百年。

唉。男狐叹口气。男狐说我就是这个书生的前世呀。可是现在，你还能给我什么呢？五百多年的等待太久啦。

说完，这只男狐死了。

第六辑·陈花船

百鹊翎

百鹊翎是我小时候见过的一种润肤霜。

一个圆圆的铁盒子,拧开,揭掉上面蒙着的锡纸,里面就是凝脂一样的膏。

淡淡的香。

我的姑姑那时正在谈恋爱,这种百鹊翎,她一星期就可以用掉一盒。

空的盒子,她就送给我的姐姐。

我姐姐八岁,上一年级。一放学,在老远的地方就能听到她口袋里的百鹊翎盒子哗啦哗啦地响。

里面是我姑姑贿赂她的钱,一分、二分,或者五分。

我姑夫那时做着杀羊的营生,每次来,总要带点羊下水什么的,奶奶自然很高兴,可是表现得却极烦,支使我姑夫做这样做那样,目的是不让他和我姑姑有单独在一起的机会。

背地里,还吩咐我姐姐看紧姑姑。

我姐姐总是听话地点着头,一双眼睛骨碌碌地乱转。

我的父亲很喜欢姑父的到来。

我父亲喜欢喝酒,姑夫一来,他便让我去买酒。

明着是陪我姑夫,实际上,是我姑夫陪他。

我姑夫的一杯酒，可以一直陪到我父亲喝得酩酊大醉。

父亲一喝醉，我姑姑就兴奋，因为，她可能就有机会送送我姑夫了。

我奶奶小脚走不动路，就会叫我姐姐一起去。

这个时候，我姐姐的百鹊翎盒子就会一路哗啦哗啦地响，好像在提醒姑姑似的。

在我奶奶的视线范围里，我姑姑会紧紧地攥着我姐姐的手，也不和那个人说话。

——没出嫁之前，我姑姑在我们面前提起姑夫，总喜欢用"那个人"来代替他。

上了一座小桥，我姑姑就会问，妮，你走得累不累？

我姐姐就知道她可能又要收到贿赂了，顺水推舟地说，我累呢，我坐在这里看会儿水里的月亮。

我姑姑脸上羞羞的，说那好吧，你看会儿月亮，我一会儿来接你。

我姐姐的手心里就塞了枚汗津津的硬币，一分、二分或五分。

桥那头也是一条白白的路，我姑姑和姑夫在路上走着走着，影子就越来越小，后来，就看不见了。

我姐姐看不到姑姑，她又不敢一个人回家，只好呜呜地哭。

一哭，我姑姑就会回来了。

手里还会攥一颗奶糖。

我姐姐和姑姑回来时，在很远的地方，就能听到百鹊翎盒子哗啦哗啦地响。

我奶奶就放心了。

我奶奶这个人精得很，她能根据这响声揣摩里面的钱是不是又多了。

但是她也糊涂，我姐姐这个时候是不会把姑姑刚给的钱放进盒子里的，而且，她也闻不到我姐姐嘴里浓郁的奶糖味。

一晃，几十年过去了。

姑姑和姑夫都是农民，又老实，没有什么挣钱的门路。

挣点钱，都凭下死力。

所以姑姑早早地就生了病。

浑身哆嗦。

我去看望姑姑时，姑夫在外面"带小驴"。

——带小驴是一种赌博的游戏，别人下赌注的时候他可以跟着掺股，但是不能摸牌，也可以随时撤出。

带小驴的赌注可大可小，图的就是个热闹。

姑姑一边和我讲这些一边哆嗦着。

她说姑夫每次输了钱都后悔，发誓下次不赌了。

可是姑姑怂恿他——反正，姑夫下的赌注都很小，就当是他的一个乐趣吧。

说着话，姑夫回来了，今天，他居然赢了点钱。

姑夫和我一边说话，一边把刚才赢的钱一张一张捋平，又蘸着唾沫数两遍，这才从中扣下十块钱说是留着买烟。

其余的，都交给我姑姑。

他其实是不吸烟的。

我姑姑悄悄告诉我，你姑夫成心在你面前显摆呢，你走了，那十块钱他还得交给我。

因为病痛的折磨，我姑姑的脸早已没了血色，可是我能感觉到她的羞涩和忸怩。

因为是年根，姑姑家里的年货还有。

我妻子帮着姑夫做饭。

一不小心，妻子在搁柜里打翻了什么东西。

我看见姑夫嘴里说着不要紧不要紧，赶紧过去拾。

好像是一个个圆圆的盒子。

从姑姑家出来，我妻子小声说，姑姑家里哪来那么多百鹊翎的盒子呢？

这种润肤霜，已经好多年不生产了呀。

姐姐那时候正跟姐夫闹离婚。

回来的时候，我跟姐姐谈到她小时候存钱的百鹊翎盒子，我说姑夫收了那么多的盒子呢。

姐姐听了半天没吱声，后来，她的眼泪刷刷地往下流。

卖冰棒

上初二的那个暑假，我卖过一回冰棒。

箱子是现成的，是我奶奶当年的嫁妆，我奶奶那时已经死了，她的箱子，被我涂上白漆，并且用蓝漆篆书"冰棒"两个字。

箱子里，是我父亲不穿的一件旧棉袄。显然，这不很专业，专业的，箱子里是纱布缝的棉被，有良好的保温作用。

这个箱子，我的同学大肉撇撇嘴，说将就用吧。

大肉每年暑假都卖冰棒，据说他的学费就是这样攒起来的。

大肉的姐姐也卖冰棒。

天蒙蒙亮的时候，我就骑车到了大肉家。

大肉的姐姐正在刷牙，理都没理我，显然，她把我当作了商业上的竞争对手。

大肉也满口白沫，但是他朝我咧了咧嘴。

吃了饭，他姐姐检查了她和大肉绑着冰棒箱的自行车，然后，蹦蹦跳跳地骑上车走在前头。

乡下是土路，又不平，打足气的车轱辘可不就是蹦蹦跳跳的？

大肉朝我使个眼色，示意我跟上他。

三个人，蹦蹦跳跳地往城里骑。

在冰棒厂"打（批发）"了冰棒，大肉的姐姐分给我一条线路。让我沿着这条线路一直往前走，箱子里的冰棒卖掉三分之二就可以往回骑，然后，在这里会合。

她和大肉，走另外两条路。

后来大肉才告诉我，她分给我的，是她认为最好的线路，这条线路上的人，喜欢吃冰棒。

刚骑了没一会儿，大肉悄悄地跟了上来，说，你怎么不吆喝呀？

我其实早就想吆喝了，上学的时候，老听见大肉对着走过去的女生吆喝"冰棒喽，又香又甜的冰棒"，目的是引起她们的注意，我也跟在后面喊过多次，觉得特别有意思，可是轮到真的卖冰棒了，嗓子里好像粘上了胶水，怎么张嘴，都发不出声。

我说我刚准备吆喝，你一来，倒不好意思了。

大肉说我来吧。

你不买，我不卖，满满的一箱冰棒化了我乐哉；我要卖，你不买，热死你个龟孙你莫怪。

大肉的声音很豪气，我说这样哪行，不被人家揍才怪呢。

大肉说你也不看看，路上只有俩孩子和一个老奶奶，他们，敢动咱一指头？

小孩子口袋里没钱，老奶奶又舍不得花钱，气气他们哩。

看见了几个小青年，大肉的吆喝立马变得又甜又糯，果然，那几个小青年招呼他过去，大肉不去，让我去，并且交代我取冰棒的时候用力在箱盖上掼一下。

掼一下，如果发出很脆的一声响，就表明这些冰棒的硬度够大，一点没融化。

青年人喜欢惹事，弄不好，他们吃了你的冰棒不肯给钱。

大肉这么一说，我心里真的有点怕了——那几个人，都戴着怪里怪气的蛤蟆镜哩。

难怪他不肯去，原来是意识到有危险呀。

我硬着头皮骑过去，数了数人数，拿出六支冰棒，用力地在箱盖上弄出"叭"的一声响。

为首的一个人把蛤蟆镜往脑袋上推了推，接过了冰棒，每人发了一支。

没提说给钱。

吃完了，他们拍拍屁股要走。

我对那个拿冰棒的人说，你还没给钱呢。

那个人一愣，说，多少？

我没敢要多，按照批发价说了一个数字。

那个人一脸疑惑，说不对吧？

但他还是如数给了我。

收了钱，我回头找大肉，发现他早没了影。

卖完了三分之二，我算算，今天的本钱够了，余下的卖出去，就算我赚的了。

拐进了一条巷子。

我一吆喝，就有个小女孩从门里走出来，喊我停下。

声音小小的。

可能是她家的大人让她喊我的吧。

等了半天，没见大人出来。

我要走，她又叫住了我。

反反复复五六次吧。

我撑好车，探头朝门里一看，一个女人正背对着我洗衣服呢。

我说是你孩子让我停下的吗？

她一愣，警觉地问你是干什么的？

我说我是卖冰棒的。

她说你走吧，你们这些卖冰棒的鬼得很——我又没要买，让孩子喊你干什么？

我要走，她又不让了。

上次有个卖冰棒的进来偷东西，被她发现了，也说是孩子让停下来的。

围了好多人。

也有人说好话，说这孩子看起来挺老实的，不像。

好不容易脱了身。

在路上遇到村里的一对夫妇，被强讨了两支。

我箱子里的冰棒还剩下四五支吧。

软塌塌的，可能要化了。

我决心回家。

给我的两个弟弟尝尝。

两个弟弟出去玩了。

我把它们放在两个碗里。

等到他们回来,都说冰棒化成的水好喝。

天黑的时候,大肉来到我家,看到我,又急匆匆地往冰棒厂赶。

中午他们去打第二批冰棒的时候,没等到我跟他们会合,以为我出了事,他姐姐,还在那里等我呢。

白 鹅

我们这里人把鹅称为道人,因为它们只吃青草和谷物。

这样的饮食习惯,是不需要下水的呀,水里,没有它们需要的食物。

所以,我觉得,白鹅,是最懂得生活品位的家禽,它们喜欢水,是有意和鸡狗们拉开距离。

鸭子也是庸俗的,虽然在同一个池塘,它们却喜欢污泥浊水,伸长脖子插进去,寻觅一点鱼虾螺蛳。

鹅离它们远远的。

我家没有鹅,小水家有。

小水家的鹅又大又肥,平时,总是背着个手四平八稳地踱着方步儿。

从小水家到河边要经过一块水稻田,鹅走到那里,翅膀就会拃开来故意扑腾几下，小水就知道它们的心思了，赶紧咳嗽一声，提醒它们：别耍花头点子，我在看着你们呢。

可是已经弯下头来的稻穗实在是太诱人啦。

就顾不得斯文了——斯文，是在没有食物时摆的花架子——靠近了，一仰脖子，两片扁嘴儿沙沙沙地一阵狂啄，稻穗弯了弯腰，抬起了光秃秃的脑袋，稻粒儿，进了白鹅们的嗉子里啦。

那块稻田是程家的，小水的爹是生产队会计，程疙瘩不敢得罪，可是又心疼稻子，一早一晚，就让程青去看。

程青，就拿了一本书，坐在旁边的柳树下心不在焉地看。

每次，还是免不了被白鹅们偷食了一两穗。

程疙瘩骂程青，程青骂小水。

小水，却不骂她的白鹅。

有时，还故意给她的白鹅创造偷盗的机会。

程青，人家那时刚从城里的学校毕业，在等大学里的录取通知呢。

白鹅们来来去去，搅得他心烦。

小水，穿着白白的裙子，像只白鹅似的。

也让程青心烦。

后来，程青准备了一根竹竿，很长，白鹅一来，竹竿就伸过去了，白鹅们实在忍不住，细细的脖颈就会狠狠地挨一下。

小水就白了脸，气咻咻地说，我家的白鹅吃了你的稻穗，我可以赔你的，为什么要打我的鹅？

程青笑笑：你赔，喊，你赔？

小水歪着雪白的脖颈儿，我，赔不起么？

就算你愿意赔，你的爹，愿意么？

小水想就算她的爹愿意赔，程青的爹也不敢收呀。

可是这话她不敢说，她怕惹恼了程青。

小水说等收稻子时，我给你家割一天的稻子，不关他的事儿。

明年，我再给你家插一天秧苗。

程青不理她，仍然在小水和她的白鹅经过时用竹竿护着他的稻子。

一个夏天就这样过去了。

小水叹口气。

这个夏天，就这样白白地过去了。

程青上了大学，临走时，小水的爹给他凑齐了上学的钱。

走吧走吧，走了，就别回来了。

在外头给咱混出个人样来。

小水的爹说。

程青对小水笑笑，说，别生气了呀，以后，我不会再撵你家的白鹅了。

小水咬咬嘴唇说，你放心，我说了我会赔偿的。

第一年，程青就带回来一个漂亮的女同学。

那时候稻子已经收完了，稻田里，是小水家的大白鹅，在拣拾遗落的稻穗。

第二年，程青是一个人回来的。

有一天晚上，程青一个人出来散心。

一下子在收割干净的稻田里看见了小水。

在松软的稻草旁，程青把小水剥得像一只白鹅。

后来小水叹口气说算了吧，那些白鹅，已经被我卖啦。

白鹅，这个时候你怎么想起鹅来了？

程青住了手，有些不知所措。

漆黑的夜，程青看不见小水的眼泪扑嗒扑嗒地掉。

放　水

我们这里的水位低，栽稻子时，需要用抽水机把河水吸到水渠里。

水渠比稻田高，每一家的田头都留一个竹筒，里面塞一团草。

草拔出来，渠里的水就淌到田里了。

整个冬天不下雨，一临到初春栽稻那几天，河里的水就像个营养不良的女人，黑瘦着一张脸。

稻子栽下去大约一周，雨才会落下来。

那个时候，水才不金贵。

所以栽稻子那几天，是不能在白天抽水的——白天，大家都待在田头，谁家田头的竹筒都掏得干干净净，都争着渠里的那点水，吵两句那是小事，很多时候，是会打起来的。

抽水，在夜里。

往往还在下半夜。

守在田边人困得不行了，有的人就失去了耐心，问负责抽水的人，人家呢，只是淡淡地笑。

连他自己也不能肯定今晚抽不抽水。

有的人耐不住性子，只好回家了。

往往到没几个人的时候，抽水机嗡的一声，开始张嘴吐水了。

月亮下，一块一块晒干的泥坷垃开始变黑，然后瘫下去，田里最后又白花花的一片。

好了，田，泡成功了。

第二天，就可以栽稻了。

小水的哥哥在外地打工，她的父亲，又病在床上，她娘看了几晚水都没有放上。

这一晚，小水决定替下她娘。

小水扛着把铁锹出去了。

起先大家围在一起有说有笑，谁都知道，这会儿，负责抽水的吴麻是不会来的。

可是吴麻偏偏来了。

吴麻瞟一眼人群，就想回去睡觉。

有人就骂这个吴麻，说他是个狐狸，他会等到没人了，才去村干部和跟他关系好的人家去，通知他们来放水。

普通的村民像小水家，只好在田头守着。

有人硬拉住吴麻，非让他陪着。

要放，大家都放，要不放，大家都不放。

吴麻几次想溜，都被人看得死死的。

只好陪着大家白话。

好像，一会儿就到了下半夜。

吴麻叹口气，说今天要水的人家太多，水，他肯定不抽了。

想回去睡觉。

没有人信他的，他要走，大家跟他一起走。

约好了，去他家打牌。

其实意思是看着他，防止他耍花头。

小水没去，她站在自家的田头看了一会儿，脸上的风已经有了一丝暖意，耳边，偶尔有一声青蛙的叫，格格格，轻轻的，像是谁在梦中磨牙。

小水抱着个铁锹努力地想回忆点有趣的事，可是隔壁田里的水白茫茫的光打在她脸上，一棵棵秧苗站在水里。

它们不急，可是小水着急。

月亮像一盏灯，谁啪地一下摁灭了开关，天，一下子就黑了。

远处的鸡们慌作一团，有一只两只开始喔喔地叫起来。

小水往回走。

在路上碰着了吴麻的儿子小树。

小树问小水，人，都走了？

小水没吱声，她不搭理小树。

小树说那你跟我去放水吧，我爹说今晚不放水，明天白白耽误一天，可惜哩。

小水还是没有说话。

小树帮着几家掏空了竹筒里的草，自己家的却留着。

小树说这几户咱惹不起，不先给他们放能行吗？你别看大家都很凶，只要我家不放上，他们就不敢说什么。

我爹，就是公平的。

一会儿，水就灌满了那几家的田。

栽完了自家的稻子，小水打掉了肚里的孩子，跟哥哥进城去打工了。

小树怎么劝也劝不住。

卖凉粉

卖凉粉的在过去属"八根系"的营生,说白了,就是挑担子的,前面的箩筐上拴四根绳系子,后面的担子上也拴四根绳系子。

但是这种营生又被真正从事"八根系"的人看不起,真正的"八根系",人家是挑粮食的,是挑黄沙的,一个筐里都要装个几百斤的货,玩的是真正的力气。

卖凉粉的呢,前面一个箩筐里养十几块豆腐大小的凉粉,后面的箩筐里盘一溜青花小碗,买卖来了,赶紧找个阴凉的地方,哪能算是卖力气的行当呢?

也挣不下几个钱。

所以,从事这个行当的一般都是些老人和妇女。

凉粉,都是前一天夜里做好了的,现在,前面的箩筐里有一个盛水的盆,这些凉粉一块一块在里面晃悠,像剥出来的蛋白,很馋人。

水盆上罩着一床半大的棉被。

现在你知道了吧,那些水是井水,清凉得很,揭开棉被,能让人打一个结实的寒噤。

这种营生,一般都是在大暑天,在路边碰上了熟人,就把人家往阴凉里引,招手喊来卖凉粉的,一边扯着淡,一边看卖粉的用竹刀分凉粉,淋上麻油,撒点青蒜,捧上手吃进肚,惬意。

一般是不叫唤的，大暑的天，人热得嗓子眼冒烟，喊出来的声音势必惹人烦。

卖凉粉的人手中就拿一个空竹筒，半尺长，两头有节，另一只手拿一个竹筷，这种竹筷是浸过油的，实沉得很，老远看见人，竹筷子轻轻一击，就能发出"笃"的一声响。

声音清脆如竹叶上落下一滴露水。

那一年，一包凉粉已经做出来了，小翠的父亲忽然生了病。

这种粉是很娇贵的，过了中午，它就会"僵"，一"僵"，就不能吃了。

小翠换了件干净的衣裳，挑起担子出去了。

扁担是竹子劈的，两头的分量又不是很重，挑在肩上，就吱溜吱溜地响，在肩头一跳一跳的。

一会儿，就走出几里地。

在路上碰见邻村的树青，树青问："小翠，你去哪里？"

小翠说卖凉粉呢。

我还以为你赶集去呢，卖凉粉，你得吆喝呀。

小翠红了脸笑笑，手里的竹筒不敲，谁知道她是做什么的呢？

有人的时候，她就敲一下竹筒。

声音似有似无。

走了几十里路，算一算，卖出去的凉粉才够本钱。

这就不错了，头一回出门做生意，她和她爹都没指望能赚钱。

水盆里的井水早就不凉了。

小翠还想转一转，哪怕再卖出一碗，她都是赚的了。

走过一个人的身边，她又敲了一下竹筒。

那个人回头望了一下，又把头缩回阴凉里去了。

一只大黄狗在树阴下伸着红通通的舌头，舌尖，有大滴大滴的口水。

看来这个人是不会买她的凉粉了。

她走出去很远，那个人忽然喊住了她。

那个人的身后不知什么时候又多出了几个人。

"我们买凉粉吃。"那个人说。

好像有七八个人，都是三十多岁的样子。

都是一脸的坏笑。

小翠不怕：大白天的，他们敢怎么样？

找个树阴准备放下担子。

"哎，我说，这棵树这么小，你就别跟我们抢阴凉了。"

那几个人把她往太阳底下攮。

反正晒不死人。

小翠放下担子，分碗，淋麻油，撂蒜花。

几个人吃得很慢，一边吃，一边拿眼看小翠。

是不是成心想看她被大太阳晒的狼狈样？

不管那么多，虽然满头满脸的汗，可是小翠心里在偷偷地计算着：八碗，扣除成本，她能赚到五块钱了。

那些人吃完了碗里的凉粉，相互挤挤眼，竟然还要吃一碗。

真的吗？

小翠简直有点不敢相信。

"放心，我们给你钱的，"其中的一个人掏出钱来。

小翠收了钱，心里安定多了。

"小翠，别卖了。"

不知什么时候，树青出现在他身后。

小翠朝树青挤挤眼，手里忙着用竹刀将凉粉切碎装碗。

这些凉粉，再过一会儿可就要真的"僵"了，小翠可不想失去这个好机会。

"这些凉粉，我一个人全买了。"

树青从怀里掏出许多毛票，一脚将那些粉全部踩碎，然后怒气冲冲地瞪着那些人。

那些人一哄而散。

多年以后，当树青和小翠结了婚，有一天晚上，小翠问："那钱，你当时不是要给娘抓药的吗，怎么发神经全买了凉粉？"

树青就是不说话。

但是小翠又说我虽然不知为什么，但从你买凉粉那天起，我就决定这辈子跟定你了。

树青嘿嘿地笑，他把那个秘密一直埋在心里。

——那天小翠的白衬衫早就被汗水湿透了，隐约露出里边小小的乳房。

吃 肉

我小的时候，我的父亲食量惊人，尤喜吃肉。

可是他一直很瘦。

那时家里养过一头驴。

他就靠这头驴维持着全家的生计。

天不亮的时候，他就会佝偻着身子坐在门槛上喝我娘专门给他煮的粥。

里面掺了几块厚厚的肉。

这种吃法，在我们当地几乎没有。

躺在被窝里，总是听到他稀溜稀溜喝粥和嚼肉的声音。

我们家的蓝面碗，类似于现在的饭店里盛汤的盆。

他要喝八碗粥。

然后，伸出被碗熨得很热的手拍半睡半醒的我，塞给我半块摊饼。

我要把这点饼吃完，才能完全从迷困（瞌睡）中醒来。

急急慌慌地上学。

而这时，我的父亲和他的驴车早没了影。

很奇怪，虽然看不见他，可是我总能听见他的肚子在驴车的颠簸中发出哐啷哐啷的声音。

那个年代，哪里有多少粮食呀？

我的母亲很心疼，总想偷偷地在给他煮的粥里多添一瓢水，在给我们煮的粥里多添一勺面。

被他看见了，肯定要挨一顿暴打。

我们村子里的人传说他一顿吃掉过一只猪头。

下雨阴天，他没法去城里讨生活，就待在村里和同样出不了工的汉子们闲聊。

说起这事，他依然很神往当时的情形。

说是当时一个城里人和他打的赌。

结果，一只18斤的猪头很轻易地被他干掉了。

没有人相信。

他也不急，淡淡地说我就知道你们不信，不信，可以再买一只来和我打赌嘛。

那个时候的生活又不是现在，自己家还没多少吃的呢，谁愿意和他争这个闲气哟？

我不信，我娘也不信，她对我父亲说死人，你真的吃了一只猪头？

我的父亲没理她。

我高中毕业的时候，没考上大学。

我的父亲也没指望我能有多大出息。

他让我跟他一起去拉驴车。

我的车其实并没有驴，我父亲的驴车装满了，他才把剩下的货装到我的车上。

他的车架上有一根绳子，牵着我的车把。

要经过一座很陡的桥。

他停下来，招呼我进一个饭馆里吃饭。

上了一盘肉。

肉块，切得很大。

我的意思，是再切小一点。

厨师问，是你父亲的主意吗？

我说不是的，他，在外面刹车呢。

那还是不切了，你父亲是个怪人。

说着话，他进来了。

笑笑说，这很好嘛，肉大，吃起来才有口劲。

那样的肉，哪里能煮熟呀？

可是他真的吃得很有味。

上桥时，他向饭馆里讨了一桶水。

先喝下半桶，另半桶，他让我放到桥上。

上了桥，他坐下来，咕嘟咕嘟又喝完半桶。

晚上回来时，我躺在床上不想动。

他又喝了我娘煮的八碗粥。

然后叹口气：唉，开学还让这小子去上学吧。

这小子，不是做粗活的料。

关于我父亲食量大的传说还在传播。

直到我参加工作。

我在一家杂志社工作。

这是个很体面的活，少不得有人请客。

很讲排场。

那时我的娘已经去世，他也早卖了那驴，跟我一起进了城。

有时，请客的人也喊他一起来。

他就来了。

回去就跟我发脾气，说那么多的菜，你怎么光挑不值钱的蔬菜吃呢？

我说我身体不好，最好不吃那些油腻的东西。

他就叹口气，好像很失望的样子。

再有这样的宴会他还是乐意去的，一句话不说，两眼放光，嘴巴不停地蠕动。

像一只忙碌的老蚕。

吃相很不雅。

可是一要散席的时候他还急：桌子上，还有好多东西没吃呢。

打包吧。

什么也舍不得丢。

因为他已经不做很重的体力活,所以,身体很快地胖了起来。

得了许多病。

住进了医院。

这些病,很难好彻底,医生不许他再吃那些高脂肪的食物了。

病好了,他回乡下跟我弟弟住了。

我弟弟也反对他整天吃那些鱼呀肉的。

过了不久,果然出事了。

他又跟人打赌,说他能吃。

赌了几回,竟中了风。

半身不遂地躺了半年。

我去看他的时候,他又要我煮肉片给他吃。

要很厚的肉,不要煮得太烂。

吃起来有口劲。

吃了一半,他就吃不下去了。

叹口气。

半夜里,竟没了气。

谁也没发觉,是悄悄死去的。

送葬了父亲,我煮了一锅肉。

一个人,大口大口地吃。

泪光中,我看见了父亲佝偻着腰在桥上拉车的身影。

裸　体

冯光辉不吸烟。

也不擅饮酒，和我一样，一桌人还没陪完，人就开始打晃了。

舌头也大了。

我们主编就笑，悄悄地对我的另一个同事咬耳朵：老冯这人，大老远地从常州跑来，又没什么要紧事，好，今晚咱们把他搞定。

再斟酒，冯光辉却死活不肯端杯子了。

趴在我们主编的肩头，说老严，今天我来，是想给你讲个故事。

讲故事？哦，好呀。

讲个关于女人的故事。

哦？

讲个关于裸体女人的故事。

哦，光辉呀，你是不是喝高了？

没有，虽然我的头痛，但我还是很清醒的。

我没喝高。

那好，那你讲吧。

好的，那我讲了，我知道你们都是要笔杆子的，但我讲的故事，你们不要把它写下来。

唐山大地震的那一年，我在那里当兵。

我们兵营的对面，就是一所艺术学院。

在前几年，这里曾经发生过好几起新兵和艺术学院的女孩子谈恋爱的事，而且还有一起因为女孩子家长不同意，这女孩子偷偷割腕自杀的事情。

新兵营的营长对我们看管得很严，要出去，必须写一份书面申请，然后由他统筹安排。

不能穿便装。

必须有两个以上的人陪同。

这样子，出去还有什么意思嘛。

好了，没有事情的时候，坚决不出去溜达。

熄灯号一响，我们就关了灯上床睡觉。

好像什么也不会发生。

事实上，还是会有一些事情发生的。

比如指导员离开之后，新兵们会轮流睡到靠近窗口的床铺。

窗口，正对着艺术学院女生宿舍楼的外墙。

女生宿舍楼的外墙，也开了一溜排窗户。

这些窗户里常常会出现女生们的身影。

虽然看不清——也许正因为看不清楚——新兵们还是能浮想联翩。

按照新兵们背地里的约定，今晚的这个床位属于冯光辉。

冯光辉身体平躺在床上，眼睛却透过窗户，去看艺术学院女生宿舍的窗户。

冯光辉不敢说，他觉得全身痉挛，他的头皮一阵阵发麻。

因为窗户上有个女人的身影。

裸体的女人身影。

也许就是个普通女人的身影加上自己的幻觉组成的吧。

突然，那个裸体的身影咣地一声碎了。

冯光辉一下子惊坐起来。

揉揉眼，真的，那个裸体的身影没有了。

天旋地转。

房倒屋塌。

地震！

紧急集合。

部队开进艺术学院，抢救那些埋在断垣残壁下的学生。

没有人说话，只有搬动砖瓦时发出清脆或沉闷的声响。

忽然，一个兵惊叫一声。

他的面前出现一具裸体。

一具女性的裸体。

在漆黑的夜色中，这具裸体白得耀眼。

没有人发出声音。

没有人睁开眼睛。

好像怕吓着了她。

好像怕亵渎了她。

营长过来了。营长"叭"地扇了新兵一个耳光。

妈妈的，她是你妹妹。

是你亲妹妹。

亲妹妹的裸体，你也不敢看？

快点，把你的亲妹妹送给医生。

营长说得斩钉截铁。

那晚，每一个新兵抢救起一名女性的时候，都会在心里说：你是我的亲妹妹。

冯光辉一直在唐山工作。

至今未婚。

有人给他介绍女朋友,只要是唐山本地人,他就摇头,说:那是我的亲妹妹呀。

赫尔墨斯,我的老师

我的小学是在村里上完的,教我的先生全是民办的,他们回到家一样需要种田,有时候,还把自家的稻子呀麦子呀什么的拿到操场上来晒,趁空闲的时候溜出教室打理。

别提多泄气了。

我以全校第一的成绩考上了初中,本以为,这下可以进乡里听听那些从师范院校毕业的老师们讲普通话了,可是,这个时候小学旁边又盖了一幢红砖房。

我们这里,要建一个帽中。

虽然是中学,但它只是小学头上戴的帽子,隶属于原来的小学。

开学了,大家正站在红砖房前愤愤不平,忽然,人群中冲进来一辆旧自行车,校长大周先生眼疾手快,一把稳住了车把,黑着脸说,骑这么快,撞了人怎么办?

那个人身手倒是敏捷,双手一撑车把,竟从坐垫上跳了下来。

难怪大周先生把他当作调皮的学生,他,还没有我高呢。

那个人笑眯眯的，喊了一声：大周老师！

我们这里，喊老师都叫先生，他称大周先生为老师，我们一愣，大周先生也一愣，拍了一下脑袋说：那啥原来是你呀。

这个老师不叫那啥，姓徐，叫徐文忠，是另一个村子的，喜欢书法，落款总是写成墨痴，长得漆黑，正好我们的课本有一篇《赫尔墨斯和雕像者》，后来我们就叫他赫（黑）尔墨斯（痴）。

好像他并不在乎我们这样叫他。

我们这个帽中没有院墙，从小学那边翻过一道没有水的沟，就过来了。

他的肋下挟一本书，翻沟的动作总是很快，一眨眼，就在沟那边不见了，一眨眼，又从沟这边上来了。

听不到小学那边传来上课铃声，他决不进教室，有时候，和附近放羊的农民闲聊。

可能极喜欢打麻将，聊着聊着，就订下了晚上打麻将的地点。

一堂课，就会上得很愉快。

他的普通话不标准，但尽量撇着，一本正经的样子，常常让我觉得好笑。

第二天早上，如果他早早地买了油条烧饼在办公桌前吃，那说明他肯定赢了钱。如果趴在桌上闷头睡觉，那肯定是输了钱。

我那时对这个学校相当不满，现在想来，可能并不因为先生们讲不好普通话，我是看不到自己的将来会是个什么样子。

跟大周先生吵过好几次，每次，大周先生都被我孩子气的逻辑驳得哑口无言。

也没给他好脸子。

有一回上课，他让我听写生字，我故意把字写到黑板的最上一排，而且，偏偏写错了几字。

他犹豫了一下，坦然地跳起来，在错字后面打了个"×"。

对他来说，这当然是个高难度动作。

同学们先是一愣，后来，"轰"地一下笑了起来。

那个中午他喝了酒，当时，铁青着脸把我喊了出去。

指着外面的麦田说你不是有才吗，那好，如果你现在写出一篇文章来，我到教育办给你争取一个好老师来。

没等我说话，他自己填了一首词，在我面前大声朗诵。

半方言半普通话，一本正经，让我觉得好笑。

笑过之后，不知怎么又哭了。

他也哭了。

搂着我的肩膀，像个孩子。

满脸的胡茬儿，扎得我很不舒服，淡淡的酒味，却很温暖。

他教语文，大周先生教我们数学。

他说大周先生认为我们这个班，只有严家万能有点出息。

而他看好的是我。

哭完后，他抹了一把脸，叮嘱我不要对任何人讲。

我觉得他这样讲可能是为了激励我，但我真的没对任何人讲。

直到上了城里的高中，上了省外的大学。

后来，严家万做了城里的数学教师，我进了一个杂志社，做了编辑。

我出第一本书的时候，他已经退了休，跟儿子住在另一个城市。

辗转打听到他的地址，我送了一本给他。

他当然是记得我的。

可是搂着我痛哭的事，他却记不得了。

告别时，他送我上了车。

那时我四十多岁，唉，眼看一辈子就这么下来了，可能是心里憋屈吧。

原来喜欢写作，发表过一些小文章，可是在我们这个地方，没有个像样子的人指引，又读不到多少书，自己穷折腾，最后，还是难有大成就。

后来以为搞书法省事些，可是到正规的场合一试，也就是个半吊子货。

不甘心啦，那时候，我经常一个人哭。

你当时的心态，可能也契合了我。

他这样小心地解释。

我笑笑，他的解释，对我已经不重要了。

这辈子，幸亏遇到这样一位在困境中搂着我痛哭、并用胡茬儿扎过我的老师，要不然，我真的想不出自己现在是个什么样子。

梅苦寒

我高考失败后，整天在家里蒙头大睡，我的父亲怕我憋出毛病来，央我的一个远房表叔好歹给我找个差事。

我的表叔在一个乡里做着文教上的事，很快，他就给我捎来了口信，说是让我去他那里的乡下教书。

就是做代课教师。

那时乡下的学校，老师大多是附近的村民，从高一点的学校毕业（一般是高中），又考不上更高一点的学校，种地，又不怎么甘心，正好从师范院校毕业的老师们又不愿意到这些偏僻的地方来，于是，这些人和乡里的文教办签下合同，先做合同教师，给他们村里的小学凑足做教师的人数，如果教得好，还可以做民办教师。

做了民办教师，就可以转正了。

转正之前，他们的工资是很低的。

我去的这所学校是一所小学，也就七间房，学生占去五间做教室，余下的，一间做办公室，另一间做杂物间。

因为没有围墙，上课的时候，时常有老乡们散放的牛羊从门口经过，也就经常有学生从教室里跑出去，撵那些牲畜，因为，这些牲畜可能就是他们家的。

老师们呢，因为工资极低，所以，他们还得种一份村里的承包地贴补家用。所以常常是上课的时候一本正经地上课，下课的时候一本正经地种田。

不种地的老师，只有梅苦寒。

他的地都给哥嫂种了。

我第一次见到他的时候，心里着实有些吃惊。

倒是梅苦寒很大方，他好不容易爬上椅子，和善地朝我笑笑，说，不要紧张，很快你就会习惯我的。

他的腿很短，又细，怎么看，都是一双婴儿的腿。

后来听他说，是他在上高中的时候得了一种肌肉萎缩的毛病落下的。

你想想，这样的身体，哪能种地哟？

现在，他找了两个旧自行车轱辘，中间用一根横轴连接起来。

出门的时候，他的两个胳膊肘儿搭在横轴上，因为矮，所以腿不至于拖着地，然后，他的两只手拿着短木棍奋力向前撑拄。

行驶的速度极快。

幸亏我没死，他很兴奋，我的这种病，不死的概率是很小的。

我的表叔来调研，他说县里将会有一个针对农村小学非正式老师的文件，如果他们有一个国家认可的大专学历，可以不拘泥于任何条件，直接转正就行了。

他的意思是让我们赶紧准备参加自学考试。

这些老师，扔下课本都好多年了，除了自己教学生的那点知识还能记得，别的，早被生活磨光了，你让他们去考试，可不是要他们的命么？

只有梅苦寒和我报了名。

唉，这个梅苦寒，其实只上了两年初中，因为没有劳动能力，村里的干部才好歹让他来教书的，勉强给他一口饭吃，不至于饿死罢了，每年，学校都安排他教一年级，他，哪能里能参加大专学历的考试哟。

乡里按照土政策把县里的方案细化一下，分给我们学校一个名额。

我的表叔很高兴，私下里跟我说，认真准备吧，你的希望有百分之五十呢。

一共考六门课：语文、数学、英语、化学、物理、政治。

六本厚厚的书拿在手上翻着翻着，梅苦寒又兴奋了，粗糙的大手摸着宽宽的下巴说，幸亏我没上过高中，不然，海林这回可就麻烦了。

我笑笑。

这是个很诱人的机会，梅苦寒是不会轻易放弃的。

因为，我的表叔传达这个文件时，我发现梅苦寒坐在我的身后激动得差点晕过去。

他比任何人都需要转正，因为他没有最基本的劳动能力。

因为就我和梅苦寒报了名，所以，我觉得我们有必要多交流。

可是他一直有意避着我。

后来，我听人说，他遇到弄不懂的东西，宁愿趴上他的那个车轱辘改装的铁家伙去别的乡请教人，也不愿跟我交流。

是不是怕我也弄懂了呀？

有一次，我发现他的脸上结了厚厚一层血痂，手也破了。

问他，他说是晚上去茅房不小心摔的。

其实呢，是去邻乡听课的时候摔的。

这是一个专门针对这次考试举办的讲座，我的表叔悄悄告诉我的，想不到他也知道了。

他是最后一个到的，所以，我很快就发现了他。

而他，一直不知道我也在。

想想真的没意思。

好在很快考试了。

其实试题很简单。

我和梅苦寒都过了。

我的叔叔告诉我还要面试。

这个时候，梅苦寒却主动放弃了。

唉，我的表叔叹口气，其实苦寒早就知道他是没希望的。

可是他为什么还要下那么大的功夫呢？

我去县里面试时，梅苦寒笑呵呵地来给我送行。

苦寒笑呵呵地跟别人说，幸亏他有残疾，要不然，海林这次真的有难度呢。

因为我不是本地户口，所以，面试很快就被淘汰了。

按照常规，这个名额是不能浪费掉的。

得让给给别的参加这次考试的人。

参加考试的，就我和梅苦寒两个人。

也就是说，这个名额肯定是他的了。

回来的路上，就听说梅苦寒死了。

一头发疯的牛一路狂奔，把他给撞死了。

杜守拙

办公室的门开着，可是，有一个人却在轻轻地敲。

谁呀？

我探出头来看，一个中年人，一把乱蓬蓬的大胡子。

他费力地提着个大纸箱，另一只手里，是一个鼓鼓囊囊的文件袋。

办公室里就我一个人，他朝我笑笑，醉醺醺地进来了。

好像并没有喝酒，可是他迈的步子确实有点踉跄，好在我们办公室很小，也就三五步。

三五步，他就坐在沙发上了。

给了我一根烟，他自己点着了，才想起来问我：你抽不？

我说谢谢。

他本来已经拿着打火机站起来,可能没明白我的意思,一下子愣在了那里。

我站起身,拿着烟弯下腰。

就着他的打火机吸了一口。

我就说嘛,咱们搞文学的人,哪能不抽烟呢?

他很生动地笑笑,一吸,手中的烟就短下去一截。

回力牌球鞋上,满是干了的混凝土,一走动,就落在地板上一层。

我在一个市级文联编一本文学刊物,经常能碰到杜守拙这样带着稿子上门的作者。

——对了,他叫杜守拙。

他的纸箱里,是刚从快递公司取回的自费出的一本书。

我们主编经常接待杜守拙这样的作者,小心地递给他一些稿子请求指导,你想想,我们是一家不景气的文学杂志社,又不是写作培训班——他被缠得没办法,就会从中找出一篇,勉勉强强地发表了。

可能,很多人拿捏准了我们主编的这个好脾气了吧。

可是现在我们主编去外地学习了,他可能知道我没有发稿权,顾左右而言他了。

给我看手指上厚厚的老茧,说是钢笔磨的。

都什么年代了,你写稿,还用笔?

他笑笑,说在工地打工,平时有点灵感,就在纸上记下来,这样方便嘛。

我叹口气,我刚开始写作的时候,也在一个工地打工,有了一点灵感,也会偷偷地在纸上记下来。

他拿出那个文件袋,打开。

是很厚的几个笔记本。

我就是想给你看看。

他很虔诚地说。

听说有些稿件寄到编辑部，编辑们连信封都不拆就扔了。

我说哪能呢，好稿子，谁不想要呀？

看看就看看吧。

我一页一页地看起来。

他接了个电话，好像是个女的打来的，他有点不好意思，说正在一个杂志社呢，中午，可能不回去了。

很甜蜜的样子。

他又给他的老板打电话，说正在一个杂志社呢，中午，可能不回去了。

我装模作样地把稿子看完，也差不多到了下班的时间。

他向我问主编的住址，说我们主编的老婆，过去和他是一个村的，这回，得去蹭个饭。

我告诉了他，看他在文件袋上认认真真地记下来。

他先走了。

经过我们主编住的小区时，我看见他站在门口晃悠，仍然是一副醉醺醺的样子。

可能，他是犹豫了吧。

我悄悄地走了。

有一回去主编家，看见一个没拆的信袋，上面写着"杜守拙"三个字，我笑笑，看来那天他还是没有来，这本书，是他从邮局寄的。

没几天，杜守拙打电话来，要请我吃饭。

是他的老板做东，刚喝了几杯酒，我就听出来了，人家，是不相信他有我这么个朋友。

我当然得给杜守拙一点面子。

就拼了命地吹老杜的文章如何如何好。

去卫生间的时候，一个女人拦住了我，让我私下里劝劝老杜：写啥呀，都抱孙子的人了。

这样的话，我怎能说得出口呢？

老杜现在的境遇和我当年差不多，理想已经被现实击得粉碎，如果连个梦也没有了，他还活个什么劲呢？

我说老杜你好好写吧，你，有潜力呢。

杜守拙喝了不少酒，这一回，他竟一点儿也不跟跄了。

搂着我的肩膀，跟我称兄道弟。

此后的两年，他接连不断地给我稿子。

我退给他几回，后来，就不退了。

他的稿子，老实说，有些根本没办法提出具体的修改意见。

有些提出来，他改好再寄给我，还是不能用。

渐渐地，他就不给我稿子了。

直到后来他妻子打电话给我。

说老杜住在医院呢，骨髓瘤。

说老杜想我了，让我去看看他。

我去的时候，老杜的眼睛已经肿得看不见人，我跟他说了许多话，他仍然一动不动。

可能，已经没有意识了。

老杜没有多少积蓄，很快，就放弃治疗回家了。

参加完他的葬礼，我们主编问我：跟老杜，是怎么认识的？

然后，他叹了口气，说好像听妻子说过这么个人。

那个时候，因为写作，村里人都叫他痴子。

那个时候，老杜的身体就不好。

想不到，居然撑了这么些年。

大老板

我认识大老板的时候大老板就是个大老板了。

现在想来，大老板也不算多大的老板。

但那个时候我在他兄弟的手下给大老板做事，觉得他这个老板可真够大的了。

他承揽了电力公司所有的体力活：挖电缆沟、挖架设高压线的基础。

人家称我们是地老鼠，平平坦坦的路边，一会儿，我们就剩下个沾满泥的脑袋朝过往的女人们瞄。

我们的身子，早已陷在自己挖的电缆沟里了。

有时，一边朝路上的女人瞅，一边在沟里撒尿，反正，也不会有人注意我们，就是有人朝我们看，我们只有个泥脑袋在外面，怕啥哟？

大老板坐着车，拿个电喇叭，跟他手下一百多号人喊话。

大老板手下有专门的技术员，拿到图纸，他和技术员就会吩咐我们怎么做了。可是电力公司还会让人盯着我们，人家是发包方，可能，也是怕我们事情做得不到位，到时，会影响他们下电缆线吧。

都是些一把揽不过来的粗电缆，外面，还得装一个白铁的套管，一排，有时得放下四五个。

民工么，工钱是事先讲好了的，那么，就只能在施工的时候偷点懒，省点儿力气。

我们把电缆沟挖成"⌒"形，上口小，底口大，这样，能省下一半的工作量。

这个主意是我想出来的，因为电缆线都是一根一根下，到了沟底，才排成一排。

挖成"⌒"形，虽然省下一半的工作量，可是并不影响后期的施工。

大老板的技术员对我这种偷懒的做法显然是默许了，可是电力公司的人却不让步，因为图纸上是要求挖成"⌣"形的。

得理不饶人。

这样的事，我们当然希望看到，因为遇到这样的事我们可以停下来喘口气，等待最后的结果。

大老板来了，看看我挖的"⌒"形沟，笑笑对他的一百多个兄弟说就这样挖吧，提前完了工，我请弟兄们喝酒。

看都没看发包方的人。

发包方的人让大老板停工，他要把这个事反映给公司。

"关我屁事，我保证按要求把套管下到位，别的，你管我怎么干！"

大老板上了车，然后指着发包方的人说："要是你耽误了我的工程进度，我会要求增加工程款的。"

我们这些民工，跟了多少老板，还真没见过敢跟发包方顶牛的。

事后我们跟大老板谈起这事，他笑笑，说那个人虽然是发包方的人，但是，他在发包方那里，根本算不得个人物。

我说这个老板大，现在你明白了呀，我的意思其是说他牛，有胆气跟发包方叫板。

具体领着我们干活的是大老板的弟弟，我们叫他二老板。

"什么二老板，我在他眼里，也就算是个打工的，有时，他对我还没有你们亲呢——他开给我的钱，比你们高不了多少。"

二老板愤愤地说。

因为我是跟他干的，有些事，他也不瞒我，为了多赚几个钱，他每月不得不虚报几个根本不存在的人名，折算成工钱捞外快。

大老板原来是个农民，因为家里穷，后来做了人家的上门女婿，从做小商贩起家，成了现在这个样子。

他的四个弟弟都各自领着一帮民工跟在他后面做事。

后来，可能是大老板看我的身子比较弱吧，他叹口气，说你不是挖电缆沟的料呀，这样吧，你带几个人，出出嘴，不必亲自去做了。

跟他的几个兄弟平起平坐，自然引起他们的不满。

有时，他的弟弟们就当着我的面跟他争吵。

骂他寡情薄意，有了钱，连亲兄弟都不要了。

在这样的环境下做事，很没意思的。

一年后，我跟大老板说想去一家杂志社打工。

大老板叹口气，说也好。

临走时，大老板请我吃饭。

在一个小饭店里。

大老板喝多了，跟我谈起了他的几个弟弟。

说他们现在骂我寡情薄意，我落难的时候，他们去哪里了？

我老婆在医院生产的时候，我到医院去卖血才凑齐了剖腹产的钱呀。

我说也许那时候你的弟弟们手里也不宽裕。

穷的时候我没有资格恨任何人，有钱的时候，倒是真正看透了一切。

我给几个弟弟开的钱确实不高，我是想在每年的年底给他们分红，可现在你看看他们的开销，并不比我差，他们哪来的钱我还不知道？我还有给他们分红的必要吗？

喝多了喝多了。

我说至少你的事业还是不错的，你看，电力公司的事，差不多都给了你一个人做。

不谈这个了。

他说你以后还会想到我吗？

我说肯定的，在我困难的时候，你帮过我。

大老板听我这么说，忽然大哭起来。

他说如果是这样，你真幸福。

我都快五十的人了，每年春节我都要大哭一场，因为我想不出来这世界哪个人能被我惦记。

我到一家杂志社的年底，给大老板打电话拜年。

他已经死了。

考　级

每年文联举办的音乐考级，只要缺少人手，都会要求我参加。

虽然我是个乐盲，可是胸口挂一个工作人员的牌子，参加考级的学生就会喊我老师，送孩子来参加考级的家长也会喊我老师。

甚至，那些从省里音乐学院派下来做考官的教授们见了我，也恭恭敬敬地喊我一声老师。

但是我们文联的人知道我的底细，他们只让我维持考场秩序，按照考官的要求把考生们一个一个领进考点。

参加考级的小学生居多，考到能上中学了，基本上十级就考下来了。

因为年纪小，每次去候考区领他们，也是个烦神的事。

又是在暑假，一会儿，就出了一身汗，一会儿，又出了一身汗。

今年我负责的考生是学二胡的。

不是很多。

但每次去候考区去领学生时，都会看见一个戴墨镜的人规规矩矩地坐在那里。

面前摆着一张准考证。

我以为他是学生家长。

来来回回十多次，我都没注意那张准考证。

后来有一次，我经过他身边时，他一下子拉住我，说："老师，我可以先练练琴吗？"

他说的琴，就是二胡。

候考区没有空调，在那里等候的家长们早就热得不耐烦了，有的拿着个折扇呼啦呼啦地扇，有的呢，在大声说话。

我说你去外边练吧，这里很吵，你一拉琴，我喊考生，他们更听不见了。

好好好，待会儿轮到我时，麻烦你叫一声。

他拿起二胡，出去了。

我看着他一个人摸摸索索地出去，竟没往深里想。

竟没意识到他也是一个考生。

屋里热，走廊上，就更热了。

他的二胡起先迟疑地响了两声，然后，一下子就流畅起来。

领着考生从他身边经过时，哪有心思欣赏哟。

不光是我，就是在空调房里待着的考官们，我估计也没有心思。

一是因为天气，二呢，这里又不是欣赏音乐的环境。

走过来一身汗，走过去，我身上的汗没了。

拉二胡的这个人倒是一身汗。

一考完，考生和他们的家长呼啦一下就没了影。

我检查一下手里的考生花名册。

还有一个叫黄明轩的考生没来呢。

这个黄明轩，他不会是因为天热不来了吧？

候考区一个人都没有了呀。

忽然，我想起在走廊上拉二胡的那个人。

赶紧，把你的孩子带过来吧。

那个人合上弓，笑笑，说，黄明轩，就是我。

晕，来考级的都是学生，因为考级对他们以后的高考有利，你这样大的一个成年人，考这个，有什么用？

黄明轩笑笑，说我以前一直是自己拉着玩的，想请音乐学院的专家给鉴定一下到底到几级了。

哦。

想一想，黄明轩有这样的想法好像也不奇怪。

我说那你跟我走吧，考官在等着呢。

一边走，一边絮絮叨叨地跟我说着话。

后来才知道，他自小就弱视，他是凭我有一句没一句的回答分辨脚下的路。

进了考场，他恭敬地朝门里鞠一躬。

我把他的准考证递给考官。

我注意了一下，他报的是十级。

有凳子，他不坐。

一屁股坐到地上。

考官一愣。

考官说你先拉一段练习曲。

练习曲刚拉了一个过门，考官说行了，你再拉一个演奏曲吧。

凭我的经验，这是认可了他的练习曲，不必再往下拉了。

我还没拉完呢。

他嘟哝着，一直把练习曲拉完。

才拉演奏曲。

拉完了，考官说你这是按照民间的拉法。

我拉得不好吗？

黄明轩疑惑地问。

不是说你拉得不好，考官走过来，反正他是最后一个考生，考官觉得还有充裕的时间。

考官拿过他手里的二胡。

你坐在地上，这个姿态不好，长弓会抖得很费劲，这就阻碍你向更高的阶段发层。

考官拉了一段，说，这个你拉起来就吃力得多。

黄明轩试了试，果然不那么流畅。

你现在的水平十级是可以过的，但是对一个热爱音乐的人来说，十级并不代表什么哟。

十级以后还有更长的路。

谢谢老师。

黄明轩心悦诚服地告辞而去。

中午吃饭的时候，我问那位考官，黄明轩，真的过了十级？

考官笑笑，说如果是学生，我最多给他评个八级，但他只是喜欢，并不图考级能给他带来什么，这样的人，给他个十级，也算是鼓励吧。

这次考级过后，我才意识到，黄明轩，其实一直在我上班附近的天桥下拉二胡。

每次经过时，我都会认认真真地看坐在一个凳子上拉二胡的黄明轩一会儿。

虽然他看不见，每次，我都会恭敬地鞠一躬。

我不知道要不要把他其实只是八级的事实说给他。

杀人游戏

在"文革"期间的清江浦,大人们热衷玩一种"杀头"的游戏。

不管什么场合,只要刘麻子在,就有人捋起袖子,五指并拢,作砍刀状。

就算是背对着这把虚拟的刀,刘麻子也会扑通一声跪下来。

伸长了细细的脖颈儿,像一只鸭子似地等着挨这一刀。

小孩子呢,老远里就喊:刘麻子,站直罗。

刘麻子赶紧站直。

直到小孩子嘴里发出"叭"的一声,好了,脚下不管多污秽,他都很逼真地装着中弹倒地。

刘麻子的媳妇和儿子刘蛋儿也喜欢在大家面前玩这种游戏,扮演行刑者的角色。

刘麻子的腰当兵时中过日本人的冷枪,不管天多热,他那里总是冷得像一坨冰。

睡觉时刘麻子媳妇用热乎乎的屁股给他取暖,听他讲打鬼子的故事。

一讲到热乎起来的时候,刘麻子的媳妇就骂:死鬼,你杀了那么多鬼子,最后一次,怎么就下不去手?

刘麻子眼里的火苗就熄灭了,嘴里像衔个卵,半天,也听不清他说了什么。

那个日本兵，还是个孩子呀，和咱家的蛋儿差不多大。

我举起刀刚要砍，唉，我不该呀，我不该看他那双眼。

那么黑的天，我竟看见他黑黑的眼珠。

清澈得像两滴水。

我下不去手呀。

这个游戏，刘麻子不知道是什么时候突然被清江浦的人玩腻的。

好像就是刚才，好像又是很久以前。

刘麻子随时伸长脖颈，随时准备中弹倒地，可是最后呢，唉。

那么多批斗他的会开过，那么多次被人砍来砍去或者假装中枪，使他深信不疑自己是个罪孽深重的人。

他的身躯里好像有两个自己，一个代表正义，一个代表罪孽。

被别人整来整去，他是高兴的。

他曾经是个军人，有惩罚罪孽的愿望。

他放走一个日本兵，他觉得自己又有罪孽的一面。被"砍"一刀或者被"枪毙"一次，他就会觉得自己正义的一面膨大一点，罪孽的一面缩小了一点。

可是现在呢，他故意朝人堆里跑，讨好地朝砍过他的那些人笑，希望勾起他们的乐趣。

没人正眼瞧他一下，就是瞧了，眼睛里也很迷惑，并不记得曾经的壮举。

找儿子刘蛋儿：儿呀，想不想打老子一枪，以前，你很喜欢玩这个的呀。

刘蛋儿似乎在一夜之间长大了，这小子，进了街道里的一个五金工厂。

懒得当那个朝坏蛋开枪的英雄了。

他伸长脖颈求媳妇砍一刀，媳妇用筷子马马虎虎地给了一下：老东西，玩这个，早过时啦。

过时，惩罚坏蛋也过时吗？

你现在已经不是坏蛋啦，上边，早给你平反了呀。

不得劲。

刘麻子说麻烦你用点劲，在我脖子上再来一下。

神经，他媳妇一脚把他踹下地。

不得劲。

刘麻子，在这种不得劲的状态中整整过了十年。

十年后，清江浦来了个日本人。

开了个很大的公司。

还带来了他的父亲。

瘦瘦的一个小老头，没事，就在清江浦的街上溜达。

看见了不得劲的刘麻子正躬着腰帮儿子给人修车。

扑通，就跪了不来。

恩人啦，那个日本瘦老头说。

他，就是刘麻子当年下不去手杀的日本兵。

他的儿子也来了，听说父亲找着了恩人，先是鞠一躬，然后挥挥手，让秘书拿过来一迭钱。

日本老头狠狠地回过头，儿子连连给老父亲赔不是。

把那迭钱收了回去。

请刘麻子的儿子去他的公司上班。

两个小老头，常常聚在太阳底下，一个忙着给人修车，一个呢，絮絮叨叨地不知道说什么。

后来日本老头带了个翻译，一解释，刘麻子笑了，敢情这外国人也喜欢扯个淡撩个骚呀。

明天你不用跟来了，这个，我会。

刘麻子跟翻译说。

连比带画，两个人，聊得还挺投机。

日本老头就儿子这么一个亲人，好了，现在刘麻子成了他的第二个亲人了。

一直陪着刘麻子，直到刘麻子死。

那天刘麻子收拾了修车的摊儿，对日本老头说，我明天可能就不来了呀，我的大限到了呀。

日本老头不太明白。

我身体里的毛病太多啦，我这台机器，要报废啰。

报废之前，我想求你个事——你，能不能让我砍一刀？

我以前被人砍过多少次，都是因为你呀。

不砍你一刀，我不会瞑目的呀。

嗨，嗨，日本老头连连鞠躬。

弯腰撅腚，伸长了细细的脖子。

刘麻子乱蓬蓬的胡子无风而动，瘦瘦的胳膊举起来，五指并拢。

对着阳光仔细看，他这把刀，蛮像当年在战场上用过的那一把。

好刀呀。

但是没有劈下来。

他，死了。

日本老头等了许久，正想抬起头看看，"扑通"，他倒了下来。

也死了。

让杨海林当村长吧

和我小小说中叫杨海林的人物一样,这个杨海林,仍然不是我。

是三坝村里的一个傻子。

写小说有时也是比较严肃的事——我得举出个例子让你信服他是个傻子对吧?

前几年村子里有几个被学校开除了的学生,出去打工吧,年纪不够,在家待着吧,爷爷奶奶又管不住——他们的父母,人家都在外地打工呢。

于是拥了一个胆大的承了头,干起了拦路抢劫的勾当。

很快,就被派出所端掉了。

这让杨海林触发了灵感——他那么大一个小伙子,也觉得在墙根和一班老人家晒太阳有点憋屈——于是,他也拦路抢劫了。

喝定一个行人立住,背一段开场白。

伸手讨东西。

是邻村一个四十多岁的女人,起初吓得哆哆嗦嗦。

伸出了手,要烟。

那女人一下子就知道是杨海林了。

她知道杨海林傻,对一个傻子,能有什么好说的呢?

掏出五块钱,让杨海林拿去买烟。

杨海林不要，就要烟。

没有办法，这女人只好把车子放在这里，去买了包烟。

这女人的男人在工地上打工时从高处跌下来，躺在家里成了废人，女人呢，只好就近在城里干一个洗碗择菜的活。

杨海林每晚出去抢劫，每晚，都只是遇到这个女人。

——有能耐的年轻人，人家都跑到更远的地方挣更多的钱去了。

每晚，都能得到一包烟。

我说过，这女人干的是洗碗择菜的活，她是在一个饭店打的工。

每晚回家前，她就捡客人扔在桌上的烟，一根，或两根。

也能对付过去。

有时也会碰上小气的客人，这女人就解释，说起杨海林的事。

笑笑，再小气的客人，也会大度起来。

有的客人还会掏出十块或二十块钱。

这个叫杨海林的人要是再拦你，就给他吧——也是个可怜的人。

他不要的，女人说，他嫌抢钱耽误工夫——还得去店里买。

于是大家都笑。

这样过去了一年多，春节的时候，在外地打工的青年像候鸟一样飞回来。

小村就像村口落满麻雀的老槐树，一下子热闹起来了。

出了初五，又轰地一声飞走了。

但是杨海林却有了心思——他，被哪个人说得心痒了。

他也是个爷们儿了，而爷们儿，得玩女人。

这是哪个人跟他开的玩笑，但是他当了真。

他的目标当然还是那个女人。

晚上，又拦住了她。

这回要劫色了。

女人不怕他。

她的男人瘫在床上，相当于让她守了一年多的活寡。

而杨海林，在村里是唯一的青年了。

女人看看天，蓝蓝的天只有一弯月。

女人瞅瞅地，四周只有半人高的草。

你，能保证不对人说？

这个鸟村子平时只有几个看家守室的老人，我除非跟你说呀？

那好吧。

女人的头低着，她，也有点儿想那事。

两个人钻进一片更高更密的草丛。

脱光了衣服。

杨海林，只知道用手来回地摸。

你，就不会点别的？

别的？这不就是劫色吗？

那女人生气了，趁杨海林不留神，一脚踹翻了他。

三坝村很偏僻，去乡里开个会，得骑半天车。

老村长撑到六十岁，跑了。

跟儿子到外地看工地了。

好歹也是个行政村，没了村长哪里行？

乡里来了人，要选村长。

到哪里选哟，村里的年轻人，几乎全出去打工了，余下的，只有杨海林和那个女人。

女人不愿意干。

杨海林，他一个傻子，也干不了呀？

知道杨海林是个傻子，又不识字，有人就合计，意思是去乡里开个会领个文件这类的体力活派给他，村里的事，让另一个识字的老人主持。

因为是傻子嘛，认死理，名义上，他就是个村长。

要是去乡里开会，杨海林会请那女人帮他拾掇拾掇，只要他不说话，朝会场里一坐，嘿嘿，还真像个村长。

杨海林这个村长，后来还真的办了一回村长的事。

那女人的男人瘫痪在床，本来，人家工地上的老板是赔了一笔钱的。

是私了，那女人去签了字的。

杨海林又找到那个老板，说以前签的字没经过他这个村长批准，不算数。

得再加点钱。

签过字，就是打官司人家也不怕的呀。

可是杨海林不管，他，是个傻子呀。

毕竟当时是私下里签的，对付一个头脑正常的人还行，对付杨海林，唉，还是算了吧。

好在这个老板还比较仁义——当初，他赔那点钱也是觉得昧良心的。

又补给那女人砖头厚的一叠钱。

这个时候，杨海林竟死了——

补了钱，老板安排杨海林在工地上住一夜。

杨海林呢，躲在一堆砖后面偷看一个钢筋工家属洗澡。

那堆砖倒下来，砸死了他。

乡里每次开会，都是那女人去的。

那女人签名领文件时，都会工工整整地写上：杨海林。

陈花船

我在砖厂挣命的时候和陈花船一个组。

拉砖坯。

一种叫做"歪歪"的盛土车将泥土倒入输送带，在机器里兑上水压在型，被切成砖坯，滚到吃足油的木板上，我们就得用板车接住，一块板16块砖坯，一辆车16块木板。

这种饱含水分的砖，每块至少十多斤。

要运到三里外的晾坯场。

那些日子，我几乎做梦都在拉着车奋力奔跑。

陈花船比我瘦，却从容得多，有时候，我在前面狂奔，他呢不紧不慢地跟着，嘴里哼着些花腔。

等我歇在沟垄里看着架坯工往下搬砖坯的时候，他也在沟垄里坐了下来。

做这种工作的都是在社会最底层的人，能在超负荷的劳动中听听陈花船的花腔，也算是苦中作乐吧。

陈花船唱的花腔大抵不会离开裤裆里的事，腥臊得很。

架坯工都是女的，有的，还没有结婚。

陈花船也不避讳，进了沟垄还唱，女人们就骂他是个促寿痨，用湿乎乎的砖坯砍他的头。

他呢，也不恼，想着对付的法子。

有一天夜里我们又在拉砖坯，他瞅准一个女工进了码好的坯垄里撒尿，赶紧把架在路边的太阳灯拿过去。

大家都看见了她那两瓣白得晃眼的屁股。

可是她并不真的生气，只是藏了陈花船的车，罚他唱了一宿花腔。

现在想一想，那个时候我虽然活得落魄，可是却最洒脱。

也许就是俗世有俗世的快乐吧。

后来我进了一家杂志社做编辑，虽然也会想到陈花船，但却几乎没有机会碰面了。

有一天淮安日报的摄影记者大海告诉我，他要到我的小区来拍几张片子。

大海所说的拍片子就是所谓的图片新闻，我们这个社区想宣传一下文化建设，交给报社一笔钱，这不，大海就奉命来完成任务了。

我在小区的花园里等。

我看到了陈花船。

这个时候，当年挣命的砖厂早就被开发成居住小区，这个陈花船，也不知道现在以什么谋生。

跟他在一起的人全都描了浓眉，脸夸张地染了红。

我估计大海就是来拍他们的。

我想过去跟陈花船打个招呼，可是不确定他是不是还记得我。

而且，好像陈花船一直很忙：整理花船、整理服装、补妆、小声地背台词。

花船是我们这里一种很通俗的娱乐节目，道具是一只纸扎的花船，里边一个船娘，大都年轻而漂亮。船底是纱布遮着的，船娘的肩上担一根绳，担负着整个花船的重量，一边模仿小船在水中行走，一边和假大老爷插科打诨。

假大老爷就是陈花船,这是个船夫的角色,拙而丑、谑而雅,和船娘一敲一答,很正经的话题都能被他引到男女之事上。

听着一本正经,细想却臊得人睁不开眼。

大海光着个脑袋来了,胸前是一个相机。

社区主任给大海介绍情况,大海不听,说你们写个百十字的文字稿给我,我只负责配个片子。

好好,社区主任赶紧让人去写。

陈花船手中的竹篙一撑,花船打着水漂在台上围围转。

好,围观的人鼓起了掌。

大海"嚓嚓嚓"地拍起了片子。

一会儿下起了小雨。

社区主任让人过来撑伞,大海说不用了,这几张片子我选一选,够用了。

我现在得去忙别的事了。

我看见大海向我招招手。

我刚要过去,冷不防陈花船拦住了大海。

怎么,我们排练了一个月,你拍了一分钟就要走?

放心好了,谈好的钱一分也不会少。

社区主任急忙过来拦住陈花船。

钱一分也不能少,看不完节目更不能走!

陈花船梗着脖子,冷不防夺过大海的相机。

你看,我只是来拍个片子,这种烂节目,哪里能看呀?

大海搔着秃脑门向社区主任叫苦。

唉,还是看完吧——这个人,我知道不太好惹。

社区主任无可奈何地说。

一直到天黑,陈花船他们认认真真地演完了所有的节目。

大海拍的片子上了报纸。

那期报纸后来社区主任给了陈花船一张。

陈花船拿到手就扔了。

一种婚姻生活

沈京似是我的朋友。

像沈京似这样的人,说不定你的朋友中也有一个。

这个沈京似,跟我一样在社会上混日子,年轻时都自视甚高,以为凭手中的一枝笔可以改变世界。

一晃荡,原来叫别人叔叔的,现在被别人叫叔叔了。

我们不仅没改变这个世界,甚至连自己也改变不了。

找了老婆,生了孩子,我老老实实进了一家杂志社打工。

沈京似呢,仍然在这个社会上晃荡着。

他这个人,头脑很活泛。

有一次出差去他居住的小城,呵,这家伙,竟也结了婚。

他老婆是一个很贤惠的人,陪着我们吃饭时一直盈盈地笑着。

吃完饭,也是盈盈地笑,跟我道别。

沈京似不走,要陪我在宾馆里住。

我在这个小城待了三天,沈京似,陪了我三天。

他老婆一个电话都没打过。

我说沈京似你可真幸福，老婆对你这么放心。

沈京似嘿嘿地笑。

一晃又是好几年，沈京似，到我这里来了。

带了个女的，也是盈盈地笑。

吃完饭，那女的先回宾馆去了。

我问沈京似，刚才那个，好像不是嫂子吧？

沈京似说出门带着媳妇，那多没劲？

哦，我说你媳妇那是多好的一个人呀。

就在这时，沈京似的手机"嘀"地一响。

沈京似赶紧翻手机里的短信，嘴里敷衍着我：媳妇是媳妇，情人是情人，这个，我分得清。

沈京似看完短信息，嘿嘿笑着对我说，她催我了，我得赶快回宾馆。

第二天一早，那女的给我打电话，说大哥我们走了呀。

接着又笑盈盈地说，下次来，你就得叫我嫂子啦。

沈京似在那女的旁边嘀嘀咕咕：让我跟海林说句话呀。

可是电话被那女人掐断了。

此后不久，沈京似的媳妇给我打了个电话，意思是让我劝劝沈京似，他和那个女人的事，其实她早就知道了，只是一直不愿意当着沈京似的面撕破脸皮。

沈京似和那个女的就这样下去，她也不想过多干涉，她只是不想离婚。

我想了想说还是离了吧，离了，痛苦的只是你一个人，不离，痛苦的可能就是三个人了。

我这话说得可能没心没肺,但是,就算我能劝得动沈京似,沈京似能对付得了那个女的?

果然就离了。

沈京似再次结婚的时候,我和沈京似的前妻都去参加了婚礼。

沈京似的前妻还是盈盈地笑着。

只有我们四个人。

吃罢饭,沈京似送我和他的前妻。

让那女人去前台结账。

刚走出没一会,沈京似的手机就"嘀"地响了一声。

沈京似的前妻笑了一下,对沈京似说你回去吧。

没事。

"嘀",沈京似的手机又响了。

你还是回去吧。

沈京似的前妻说。

那好那好,沈京似急白了脸,转了身,急忙往饭店赶。

再到我这里来,沈京似就没那么从容了,手机会不时地"嘀"一声,只要手机一响,沈京似的腿就好笑地一哆嗦。

勉强吃了午饭,他就急忙赶回去的班车。

我说她是怕你在外面再弄出什么事来吧?

沈京似说是我怕她在外面弄出什么事来,这个女人,我出去,她也出去,我不回家,她也不回家。

我嘿嘿地笑,这个女的,果然是个对付男人的高手。

沈京似这样疲于应付了一年,人,委顿了许多。

去医院一查,竟然患了小广告上老军医们吹嘘能治好的那种病。

沈京似喜滋滋地把病历拿回去给那女人看。

那女人无所谓，说我不在乎你的这个病——我可以和你一起没有性生活。

但最后还是离了，那女人哭着给我打电话，说我是真的在乎他呀，他出去我也出去，我其实是一个人在街上瞎逛呀，他不回家我也不回家，我其实是去了娘家呀。

我真的没想到会把他祸害成这个病。

我给沈京似打电话时其实也不知道自己会怎么说。

电话响了半天传来一个女人的声音：喂，你找谁？

第七辑·送你一束花

送你一束花

徐星十九岁，在乡下的一所中学读高中。

确诊是白血病的时候整个人都傻了。

医生说他的病还有百分之三的希望治愈。

我不知道这个百分之三对于他意味着什么——或许，和没有希望差不多吧。

没确诊之前，我带给他很多书，现在，他一本也不想看。

也是，这个时候，书能给他什么呢？

我看过很多电视报道，有大病的人进手术室之前都表现得很坚强。

如果所有的病靠坚强就能活下来，那么谁不愿意坚强呢？

看得出来，他是想放弃自己的生命了。

我这次去看他的时候，他的父亲陪着我在楼梯里吸烟。

有什么办法呢，他说，这个时候我要理智些，百分之三的希望，对我这样的家庭，真的相当于没有希望——就算化疗后可以做骨髓移植，就算有合适的骨髓配型，那么昂贵的治疗费用，我也是没办法承受的。

唉，有时候，我真的不希望他有百分之三活下来的希望。

我能理解他这样的心情。

可是我还要安慰他：放心吧，如果他真有活下来的可能，就算你没有那样的经济能力，还有亲朋好友呀，我们一定会想到办法帮助他的。

可是化验的结果真的连百分之三的希望也没有了，医生说远比他们当初想像的还要糟糕。

最多再过一个月，他可能就进入昏迷状态了。

那么，就好好地让他享受这一个月的时光吧。

虽然没跟徐星说，很显然，他意识到了。

护士给徐星打针输血，他一直拒绝，有时候，还喃喃地骂。

他的父亲摁住他羸弱的身体，他母亲摁住他扭动的胳膊。

年轻的护士，这才好容易把针头扎进去。

这个医院宣传科的一位女干事是我的文友，我来看望徐星时的时候，她也经常过来陪着我。

因了她的介绍，我跟这个护士，也算是比较熟的了。

给他扎针的护士技术比较娴熟，在这个医院里待了好几个年头。

我替徐星向她道歉，她淡淡一笑，说没什么的，患者知道自己不久于人世，很多人的反应都是很激烈的。

不过我注意到徐星有个小小的秘密。

放心吧，以后再扎针，他不会这么失去理智了。

那个护士朝我笑笑，我发现，虽然戴着口罩，仍然遮不住她脸上的红晕。

第二天，她把徐星安排到另一间空的病房。

她推着药车哗啦啦地从门口走过，并没有按以往的顺序给徐星扎针。

一直到所有的病号都忙完了，她才有点羞涩地走过来。

你们都出去吧。

她对我和他的父母说。

怎么？

我看见他在病床上也是惊愕的样子。

房病的门上有一块玻璃，但是被她的护士服有意地遮住了，看不清里面的情形。

我们在病房外站了一会儿，果然没有听到徐星喃喃地骂人。

他的父亲叹口气，又躲到楼梯口抽烟。

瓶子里的药水挂去了一半，她才打开门走出来。

脸上的红晕还没有褪去。

我看看病床上的他，眼睛微微闭着，有泪。

安静得像个婴儿。

以后每一次扎针，她总是把病房的门关起来。

徐星也总是安静得像个婴儿。

你们之间，是不是有什么秘密？

我觉得，他已经不那么抵触，可以接受我开的玩笑了。

他果然只是淡淡地笑笑。

这个秘密他始终没有说。

但我还是发现了。

那一次，他的父亲又躲到一边抽烟，他的母亲忙着去食堂打饭。

门上的玻璃没被她的衣服遮好。

我看见她轻轻地抚摸着他的一只手，很娴熟地给他扎针。

徐星的另一只手轻轻地垂下来，有意无意碰到她的裙子。

一下，又一下。

像一只蚂蚁，小心地用触角试探着面前的美食。

她的裙子明显地比别的护士紧，里面青春饱满的肌肉忽隐忽现。

我好像有点明白了——年轻的徐星性格内向，父母常年在外打工，他一直和爷爷生活。

在他的世界里，是几乎没有机会真正接触女人的。

一个月后，徐星果然进入了昏迷的状态，有时，一天都没清醒过一次。

最后一次昏迷之前，他轻轻地对我说，哥，我死后你能帮我一个忙吗？

我说什么忙？

他不好意思地笑笑，悄声说，替我送一束花给那个护士。

讨　药

尹星得了白血病，在医院被发现的时候，已经到了晚期。

我的朋友王玉玲是这家医院的宣传干事，她私下里对我说，尹星的这个病，根本没有治疗的价值。

我把她的意见转达给尹星的父亲尹传照，尹传照说再试试吧，没准能出现奇迹。

尹传照积蓄的钱早就花完了，尹星的主治医生和王玉玲的看法也差不多，尽管尹传照不停地想办法往医院拿钱，主治医生也只是在尽可能地给他开最经济的药。

这些药，基本只能减轻尹星的疼痛，对于治疗，是一点作用也不起的。

尹传照虽然不识多少字，但他也能知道这些药的作用，他开始在外面寻找特效药请医生使用，有时候，甚至就是民间的一些偏方。

有一些药，医生允许给尹星使用，有一些，医生是坚决不肯用的。

尹传照居然买了注射器，自己偷偷地给尹星注射。

有一天，尹传照给我打电话，说村里有个人给了他一张传单。

我上班的地方离医院并不太远，但是天气不好，一早上就下着很大的雨。

尹传照披着个坏雨衣很快就到了我的办公室。

那是内蒙古一家药厂的传单，他们愿意免费为患白血病的儿童提供药品。

这个药就是他们生产的。

这种传单，在乡下经常能看到的，表面上，这个药厂任何商业目的也没有，仔细地分析，我还是看不出人家有什么商业目的。

那好吧，我拿出电话，按照上面提供的电话拨过去。

是一个声音很甜的女士接的，她很客气，说您只要提供传单上所要的资料就行了。

我问尹传照，说这上面要你提供的资料，你都准备好了吗？

尹传照说他拿到传单后看了一夜，可是什么都记不住。

可能是激动的原因吧，我取出笔，一一地把这个药厂需要的资料写在纸上，让他赶紧去准备。

这些资料包括医院的病历，还有学校的证明、所在村的证明、当地妇联的证明，这一切，尹传照到下午的时候就都准备好了。

本来人家要原件的，就算用快递寄过去，就算一点不耽搁，等到药品寄到他手里，估计也要十多天。

尹传照很着急，恨不得现在就能拿到药。

我在这个传单上发现了这家药厂的QQ，我加了，跟人家说好许多好话，人家说那好吧，让我把资料扫描成图片发过去。

这花不了多少时间。

等方确认收到资料的时候，尹传照千恩万谢。

我说这算什么呀，就算你不是我的亲戚，出了这样的事，我也是愿意帮忙的。

那个下午，尹传照的心情很好，我们甚至聊到如果尹星的病情好转，他该怎么样去这家药厂表示谢意。

尹传照的好心情显然感染了我，他一走，我就打电话给张学荣。

他是尹传照所在县的宣传部长，平时也爱写小小说，跟我是好朋友。

我谈到尹星的事，张学荣说他们县里有个大病救助的活动，叫我替尹传照写个申请，可以得到一些经济上的资助。

虽然跟我是亲戚，可是我对尹传照以前并没有多少联系，对他们家的情况并不了解，我就跟尹传照说你有空到我办公室来一下，说说尹星生病的情况，我给你写个申请。

尹传照说好好，尹星的妈妈还没到，等她到医院里替下他照料尹星，他就来找我。

可是一直没有来。

一周后，我打尹传照的电话，是尹传照的老父亲接的。

他一迭声地谢我。

我说您先别谢我，您让尹传照快点来吧。

哦，他又回苏州打工了。

怎么又回苏州了呢?

我问尹传照的老父亲，那个药，收到了吗?

收到了收到了。

那么，尹星吃了吗？

吃了吃了。

效果怎么样？

很好很好。

那个时候，这家药厂提供的 QQ 号已经跟我聊得很熟了。

可能就是上次接电话的女士。

我跟她说药收到了，尹星已经吃到药了，他家里人说效果很好。

那位女士愣了一下，说尹星肯定已经不在人世了。

您怎么知道的？

那位女士过了会儿跟我说，您知道，白血病是世界医学的难题，像尹星这样的病情，基本上是没有治愈的可能。

我们的药，也不可能真的有特殊的效果。

那你们为什么还要把这药寄过来呢？

一方面，我们这个药发给患者（他们捐药的对象只是小学生患者，对于其他的患者是收费的）其实是一种变相的广告。

另一方面，就当是给患者一个希望吧。

她说。

我妻子回娘家的时候果然听说尹星已经离开人世，寄给来的药他根本没来得及吃，后来，有邻县的一个患者家属到尹星家讨药。

尹星的爷爷藏起来一盒。

我的孙子吃了一盒就好了。尹星的爷爷说。

那您的孙子呢？讨药的邻县人眼睛一亮。

上学去啦。尹星的爷爷拍拍手说。

策划一次捐助

尹传照的儿子尹星住校的时候老说自己不舒服。

回来收麦子的时候，尹传照的父亲就对他说，你带孩子到大一点的医院看看吧，这孩子，在村里的门诊挂了几次水，一直不见好。

门诊里的医生是尹传照的亲戚，尹传照不在家的时候，孩子挂水的钱，都是赊着的。

尹传照还了钱，顺便问那个医生：尹星，得的是什么病呀？

医生说可能是贫血，去××医院吧，我给那个医院介绍一个病人，他们会返还我一点钱，我会把他们给我的钱还给你。

出门打工不容易，能省就省点吧。

去了那个医院，说是血小板低，治了一周，也不见好。

又去了另外一家医院。

人家说是白血病。

尹传照一下子就瘫了。

我和尹传照是亲戚，我去医院看尹星的时候，尹星可能还不知道他得的是白血病，在病床上笑眯眯地对我说：大伯，下次来，你能带点童话书给我看吗？

除了小小说，我还一直从事儿童文学的写作，也出过几本童话书。

我说行。

在楼梯口，尹传照一直吸着烟，说马上就要化疗了。

他卖了房，目前，化疗的费用勉强凑起来了。

如果效果好，以后的骨髓移植，就是把他卖了，也凑不到钱了。

他找了红十字会和其他的救助机构，也没凑到多少钱。

尹传照让我替他出出主意。

我一下子想到尹星跟我讨书的事。

我说就这么跟人家要钱肯定不是办法——人家不欠你的，愿意给多少或一分钱不给，那是人家自己的事，再说，这社会需要求助的人太多，人家也不可能首先考虑到你尹传照。

你得策划一下，找个闪光点，这样，整个社会才能关注。

尹传照只是个在苏州打工的民工，他能策划什么呀。

我说我有个主意。

这孩子的病你也别瞒他了，你跟他拐着弯说。

你要给他信心，说他的病能治好，就是得花很多钱，目前，你已经凑到了这些钱，但是你们可能要用一辈子的时间来还这笔钱了。

如果想早点还完这笔钱，得按杨伯伯的办法。

你不是喜欢看童话书吧，杨叔叔叫你给市长写封信，就说你现在得了白血病，可是你想从治病的钱里拿出一部分——当然不是真拿，市长也不会真要——设立我们市的童话创作基金。

在我和你妈出去打工的时候，在你生病的时候，童话一直温暖着你的灵魂。

你现在想让更多的童话作品温暖更多的人。

尹星想想，这虽然不是他的主意，可他认为这样做也很有意义。

果然就按我拟好的内容写了。

这封信被尹传照复印好几份，寄给了市长，又分别寄给了文联、宣传部、妇联等单位。

报社和电视台，是他亲自打电话告知的。

一个小孩子的信，市长肯定是没时间看的——一般，在秘书手里就处理了。

暗地里，我给报社和电视台的记者们发信息，请他们打电话给市长的秘书求证这件事。

秘书这下子可就谨慎了，他把这封信的事汇报给市长。

在这段时间里，我不断地在网上发帖子炒这件事，同时，我让我的一些朋友开始捐助尹星——这个时候，尹传照在我的授意下已经设立了一个求助账号。

一些比较熟的外地作家，我让他们把自己写的书快递到尹星的病房。

市长果然来看望尹星了。

市长的身后，是本地大大小小的媒体记者。

太让人感动了，一个重病在床的孩子，想到的竟是别人。

市长对着记者的镜头感动地说。

尹星的事，现在被炒得沸沸扬扬的了。

他现在是一个在生命垂危的时候仍然关注儿童文学的形象。

这就是我给他设定的闪光点。

很快，本地的儿童文学作家们来看他了。

市里的一些干部和机关领导来看望他了。

社会上的爱心人士来看望他了。

我拜托在这个医院搞宣传的一个朋友，请她每天在尹星的病房里跟踪采访。

从策划这件事后，我一直没在病房里露面。

尹传照悄悄给我打电话，他说哥，治病的钱有这些捐助，再加上我原来凑的，差不多了。

我说你别急，省电视台有我一个哥们，我正在跟他联系，争取搞得再大点。

尹传照说哥，别麻烦了。

救人要紧——那是一条命呀——怎么能说麻烦呢？

哥，尹星希望能把这些捐款转赠给需要帮助的别人。

他的病已经恶化得很严重，医生说根本没必要进行骨髓移植了。

他可能很早就知道自己是什么病了。

他本来想平平静静地走完自己人生的最后一段路程。

可是我们给他惹了这么多事。

病房里有电视，他一看到有他的镜头就特别反感。

哥，我后悔死了。

我去尹星病房的时候，空空的病床上已经没有了他的身影。

洁净的床头柜上扔着我当初送给他的一本童话书。

柳　元

我的高中同学高恬在一个叫做南马场的地方做镇长。

都二十多年没见过面了。

不知通过什么渠道，他打听到了我的办公室电话。

约我过去玩儿。

哪能不去呢？

去南马场的班车在我居住的小区附近就有个停靠点，我问了司机，说最多半小时就能到。

高恬说这年头也只有你愿意坐班车——你等着，我去接你。

因为是周日，这家伙，没有用单位的车。

是一辆黑色的尼桑，贼头贼脑地在我身边停下。

高恬在车内给我打电话，我一接，他就从车内冲出来，后面，是一个又高又瘦的司机。

这么多年没见，高恬还是原来的熊样，胖胖的，一脸不恼人的笑。

那个又高又瘦的人是朱海潮，也是我过去的同学，虽然变了模样，但是习惯和动作没变，我一眼也认出来了。

去南马场。那个地方，我过去上学时经常路过，记忆中是一条长长的黄泥路，路两边，是永远打着瞌睡的村庄。

可是现在呢，仿佛打了兴奋剂，它喧哗了，它沸腾了。

它，和我所处的城市并没有什么两样。

我想找一找上学时经常路过的油菜花地、一只蜷着身子睡觉的黄狗、一个小小的黄泥房子。

房子旁边树上的柿子橘黄如灯，灯下坐着个好看的女孩。

可是都没有了。

十多个同学都在一个饭店里等我，见了面，大家都很兴奋。

喝酒时才渐渐谈起现在的状况，好的，不好的，都没有了刚才的兴奋。

高恬是在一张报纸上看到采访我的文章，这才联系上我的。

他一说我想起来了，去年我的一本书获了冰心图书奖，当地的晚报发了一整版关于我的文章。

也许是发觉我没有多少谈兴，高恬开始找一些话题试探我。

桌子上有一盘猪头肉，是精选的猪下巴，我们当地人俗称猪公嘴。

高恬说尝尝，这个猪公嘴，别的地方吃不到。

哦？

切得一条一条的，在筷子上油亮亮的，颤颤地动。

入了口，却很绵软，舌头一搅，就化了。

黏滋滋的，惹得舌头又去搅一下，可是这个时候，那块猪公嘴，早就下了肚。

不但好吃，做这猪公嘴的人，也很怪。

哦？

多少年了，一直在练书法。

工笔小楷。

我的兴趣一下子被吊起来了。

想去会会这个人。

这个人就叫柳元。

高恬立马取出手机，要给柳元打电话，我说这样不妥吧。

怪人，都有怪脾气。

比如我，如果有人因为这样的原因喊我，我肯定是不去的。

高恬说没事，这个柳元可以不把我这个镇长当一回事，但是咱手里有王牌——朱海潮，是他的连襟。

朱海潮就笑，说他这个连襟不上路子——还是听老杨的，咱们吃过饭去他家玩。

柳元卖猪头肉，长得却并不像镇关西，人家瘦瘦的，脸上，也戴了眼镜。

一会儿，就摘下眼镜，用纸巾擦擦。

他说是屋子里油腥重，不小心，那些油就会糊住镜片。

他写字，都要先计算好，然后在纸上打成铅笔的格，一笔一画，往铅笔格里填。

我说既然这样，你会考虑到整体的效果吗？

柳元说我在写的时候根本不考虑这些，甚至连技巧都不考虑。

高恬问，你平时，都临的什么帖？

柳元笑笑，又拿纸巾擦眼镜，他说我早就不临帖了。

朱海潮说那你还是停留在原来的水平了。

我不临帖，但是我喜欢读帖——有的也不是帖，只能算墨迹，不能说字有多好。

比如钱钟书，我就喜欢看他的字，但他并不是书法家。

他喜欢看学者们的字。

他这一说我明白了，对于柳元来说，他追求的，可能已经不是字的好坏了。

他追求字里传达出的气蕴。

他拿出几幅字给我看，虽然上面有的地方沾了油污，可是真的很好。

朱海潮随手扯过几幅，要送给我。

我说这样的字，算是天籁啦。

这样很随便地就能得到，应该是对它的亵渎。

我改天专程来讨。

后来，我把这个柳元推荐给当地书协的一个领导。

这个领导去看了，也称赞他的字。

我说这个柳元，可能脾气有点古怪，书协不能因为他的古怪就埋没了人家的才华。

这个领导笑笑，说怎么会呢，我们也想推出能在全国打得响的书法家，这样，大家脸上都光彩。

再说，他也不怪呀。

我发现，这个领导办公室里，就挂了柳元的一幅小楷。

书协给柳元开了几次书展。

然后他又获了一些奖。

然后，他就到城里来了。

有了工作，买了房。

有一回，柳元喊我去他城里的家做客。

烟熏火燎的，他在家里做猪公嘴。

喝着酒，柳元哭了。

柳元说到了城里之后，我的字就废了。

我现在写不出一幅自己满意的字。

我想回家卖猪头肉。

我恨你。

柳元趴在桌上睡着了。

来之前，柳元答应送字给我的。

现在，他的妻子把我领进书房。

我翻翻那些字，叹了口气。

柳元要送我的字，都是他以前在镇上卖猪头时写的。

高恬后来在我的书房看见了柳元的字。

他也叹了口气。

他说你毁了他呀。

咱爸咱妈

我一直在外地打工,像孤独的野兽,在舔着冰凉的伤口。

我的母亲说,你是有家的呀,你可以回来呀。

是在电话里说。

电话旁边还有父亲,他嚷嚷说,有种你就回来——回来,我去邵小红家给你提亲。

我才不要邵小红做老婆呢。

邵小红长得一点也不漂亮,好笑的是她总觉得自己很漂亮,老在我上学的路上拦住我,问我什么时候娶她。

现在你知道了吧,这个邵小红,头脑有点拧不清,半痴半傻的那种。

我上小学的时候,我父亲就经常吓唬我:你要是不好好学习,长大了,我就到邵小红家提亲。

憋着一股劲,我一直上到高中。

我的父亲为了督促我的学习,竟然经常在我回家的时候把邵小红请来吃饭。

虽然害怕邵小红真的成了我老婆,虽然拼命地学习,可是你看,我还是没考上大学。

知道自己没考上大学之后,我悄悄去了广东,到一家杂志社打工了。

和纺织厂一个湖南的女工谈起了恋爱。

结了婚，生了孩子。

现在想想我还有点后悔——湖南的这个女孩子也不漂亮。

我想那时匆忙结婚，是因为潜意识里被邵小红吓怕了。

这都是过去的事了，我也是写小说的时候说说，要是跟我老婆讲，还不被她拧破耳朵？

孩子生下来就被送到父母那里，一晃，都六岁了。

我们在广东虽然混得不怎么样，可是实在太想孩子了。

而且，他也到了上学的年龄了呀。

尽管母亲打来电话，说我的孩子早上了学。

在村里小学上的。

村里的小学，那能叫小学吗？

那样的学校上下来，长大了，还不得跟我们一样？

妻子也怂恿：让孩子到这边来上，我们累点苦点，让咱爸咱妈消停些。

另外，孩子能上好的学校，多少有个盼头。

为了这个事，我跟父母通了好几次电话——我的一个朋友，都帮我联系好一所学校了。

父母一开始推托，后来听说我已经联系好学校，一下子生起气来了。

说我这么多年都没有问过孩子，现在突然要接孩子走，好吧，但得给他们这些年的抚养费。

我晕，他们养了我这么些年也没要过抚养费呀。

我的妻子那时候已经从纺织厂辞了工，正待在出租屋里闲得无聊，好了，我把这事交给她。

让她跟我父母好好沟通——孩子是我们的希望，村里的小学，千万不能让他上了。

我妻子说了这句话，立即就被我母亲骂了一通，说谁谁谁上了大学，现在做了什么什么，人家跟大海（我的小名）是同学，原来也是在村里小学上的。

我父亲的话更不好听，他说自己没能耐别糟蹋学校呀。

他也在村小学上过，不照样做过村长嘛。

本来这个事不可能闹到惊天动地的份上。

可是我妻子一年也回不了几趟家，跟我父母没有多少感情。

双方都一肚子气。

话就越说越难听。

最后，我妻子让我跟她回家一趟。

去法院打官司，要孩子的抚养权。

我还想着通过平和的方式解决这件事，要和父母再谈谈。

可是我的父母，连门都不让我进了。

按道理说，他们照顾了孩子这么些年，要9万块钱，不算太多。

可是我们哪有那么多呀？

而且我发现，虽然我进不了家门，那个邵小红，却是很受父母欢迎的。

一天能去四五回。

我要去广东上班，不可能在家里这么耗下去。

我让妻子留下来。

不久，我妻子也回了广东，孩子的事好像不是最重要的了。

她，现在要跟我离婚了。

我的父母跟她说，我以前把邵小红的肚子搞大过好几回。

他们要的9万块钱，其实是补偿邵小红的。

问邵小红，邵小红也说不出什么，只是一口咬定我是她的丈夫，很小的时候就定了亲。

我晕，哪有这样的父母呀，往儿子头上泼脏水。

我跟杂志社的朋友借了9万块钱，又请了半个月的假。

带着妻子回了老家。

我父母跟妻子说的关于邵小红的事，法院根本不认可。

他们也矢口否认了。

算了，我妻子原谅了我，我也就不追究了。

因为有了9万块钱，儿子很快就被我们接过来。

我们办转学手续时，我发现父亲进来了。

他给孩子买了好多东西，嘱咐他到了广东好好学习。

虽然闹了一场，我还是问了母亲的情况。

在村里的小医院打吊针呢，他冷着脸说。

然后从怀里掏出那9万块钱。

唉，你们哪知道我们的心呀。

父亲叹口气，走了。

儿子，跟妈妈到大城市上学，高兴吗？

妻子逗儿子。

高兴。

——爷爷奶奶也跟我们去吗？

爷爷奶奶不去，我说，鼻子突然一酸。

要是爷爷奶奶没有了我，他们会孤单的呀。

听了儿子的话，妻子突然转过了身，我看见她在偷偷抹泪。

她把那9万块钱交给邵小红,对她说,你经常看看杨柳的爷爷奶奶吧。

别忘了,你小时就跟杨海林定过亲呢。

朋　友

下了车,所有的人一下子活跃起来:吃零食、喝水、从长途客车的肚子底下往外掏行李。

我没有急着往外走,而是摸出香烟在抽——夜里十一点多了,我必须找一家宾馆,而到一个陌生的地方,睡觉,是一件最无关紧要的事。

本来抱了很淡定的心态的——我的故乡淮安已经没有在我的屁股底下安一把椅子的可能了,那么,任何一个愿意容纳我的地方都会让我感到亲切。

直到一个女孩说了一声"干嘛呢",声调类似于"干妈呢",我的心里一惊,孤独无助的感觉第一次涌上心头,看看黑沉沉的天空和热热闹闹的人群,我贼也似地溜到大街上。

我给妻子打电话,给家乡的朋友打电话。

我和妻子已经离婚,在临走时她在我的手机里充了一百元话费,她可能觉得这一百元还清了以前对我的亏欠,现在大家最多算朋友。

她牙疼似地哼哼两声,好像是自言自语地嘀咕一声"这破手机,信号咋老不好。"然后,就挂了。

我给一个朋友打电话——这个朋友是个文学爱好者，我在短小说杂志社做编辑的时候没少帮过他，他也没少找我喝过酒，我觉得，我和他算得上是真正的朋友——那个朋友说"我不是刚给你送过行吗？"我说我已经离开淮安，突然很想你，他叹了口气，说"那你回来吧，我再想想办法看能不能在本地给你安排个事做——我，还是比较爱才的。"

朋友说完这话我就挂了电话，他在市政府一个部门任职，但是我以前只认为他是我的朋友，他任什么职跟我没关系，现在，我才明白我们之间有一道不可逾越的鸿沟。

抽完烟，找个地方赶紧睡觉吧。

一个和我差不多大的男人拉着一个小女孩坐在我身边的长椅上，看我扔了烟蒂，快步走了过来。

他们的衣作和我差不多，虽然不值几个钱，但是也还算干净。

男的开口前先笑笑："哥，你看我孩子不懂事，偷偷跑来见网友，我好不容易找到她，我们的钱都用完了……"

这种讨钱的方式一点创意都没有，我在淮安的时候遇到过好多次。

女孩背着个书包，用普通话对我说了声"谢谢叔叔。"

以我的生存状态，我是不必给他们钱的，但女孩没有一连声地说"谢谢谢谢"，我就觉得他们可能真的遇到了难处——至少，他们不具备职业乞丐的技能吧。

我的手在口袋里摸了摸，有四枚硬币。

给了他们。

男的和女孩默默地走了，在不远处的树下站住。

刚才我说他们不一定是职业乞丐只是给自己寻找借口，朋友可以用一个领导的口气对我说他很爱才，那么我也可以在心里对他俩说：我能给钱，说明我混得比你俩好。

这个城市在南方，被江和山包围着，几年后我给一个高中学生做家教，他告诉我，这样的地理环境容易使人形成一种封闭自私的习性。

可惜我那时候不知道。

我以为新单位的人根本是瞧不起我——我一个人来这个城市讨生活，下班后，基本看不到他们的影子，那么好吧，我做东，把大家召集起来吃个饭，总可以了吧？

我打电话给新单位的朋友。

他们关机。

只好一个人瞎转悠。

碰到了那个男的和女孩。

"哥，你看我孩子不懂事，偷偷跑来见网友，我好不容易找到她，我们的钱都用完了……"

"谢谢叔叔。"

我呵呵一笑，男的发现苗头不对，一打量我，也笑起来："原来是你呀。"

已经是中午两点多了，男的说："哥你还没吃饭吧，妮，去买几个包子，我和你叔喝两杯。"

女孩这回没说普通话，只是朝我露了露两颗虎牙。

包子里的肉馅很大，咬一口，满嘴的油。

他陪我喝的，是用一次性水杯接的自来水。

两杯喝下去，燥热的心一下子平静下来。

我们成了朋友。

我离开这个城市的时候男的和女孩一再挽留我多待几天。

他们也想走。

他们来这里好多年，却一直没有离开过这车站——他们谋生的地方。

他们带我游遍了这个城市。

他们替我买了车票，他们跟我一起来到淮安。

有一天深夜，我从外地回来。

下着雪，他们哆嗦着，虾着腰，男的对我说："哥，你看我孩子不懂事，偷偷跑来见网友，我好不容易找到她，我们的钱都用完了……"

女孩儿在一边用普通话连声地道着谢。

那时我穿着棉袄，上面的帽子严严地兜住了脑袋，像电视里的坏人。

摸摸屁股口袋，我掏给他们所有的硬币。

一共四枚。

癞雕

癞雕，它们一直在我童年的头顶盘旋，无论什么时候，都只是个淡淡的黑影。

长大以后我常常想，我们小时候说的癞雕，也许是就掉光了头发的秃鹫。

村里的鸡呀鸭呀，常常会莫名其妙地失踪。要是能找到一点羽毛，就是黄鼠狼祸害的；要是什么都没留下，就是癞雕干的。

看见了天空的癞雕，大人们就敲盆吓唬，让它飞远点。

就算人们没发现，只要太阳把它的影子投到地上，鸡们迟疑一下，也会撅起腚四处躲藏。

但鸡呀鸭的还是见天少。

少就少吧，乡下人虽然恨透了癞雕，可是你捉不到它，那么，认命吧，就当鸡呀鸭的是得病死了，就当是自己没为它们操过心。

我一直以为癞雕也是通人性的，如果有别的食物果腹，它们是绝不忍心祸害鸡鸭的——因为到了夏天，鸡鸭们似乎并没有少多少。

舅舅家的东边有一个鱼塘，鸭们中午会去游泳。而鸡呢，它们会去围观，或者伸长脖子喝水。

鸭子们一看见鸡就嘎嘎地叫，如果我懂它们的语言，就会翻译成这样的话："亲，拜托别喝这里的水了——快被你们喝干了哦。"

鸡们不说话，如果鸡们说话，也许是这样的："大哥，我们能喝多少水——明明是被太阳晒干的嘛。"

是的，鸡们没有说谎，太阳伸出舌头舔一舔，鱼塘里的水就去了一半，再伸出舌头舔一舔，鱼塘里的水又去了一半。

经常有光着脊梁盖的大鱼不耐烦地要往岸上冲。

这个鱼塘里的鱼是我舅舅养的，现在没了水，我舅舅很着急，一边从远处挑水救急，一边嘱咐我小心看守，不要被人偷走他要到冬天才卖的鱼。

那天中午我去替舅舅看鱼塘时，远远地看到塘底有一个穿棉袄的秃子，他好像正在捉一条大鱼。

我喊了一声，他没理我。

村里人说葛怀强的外甥邪性，其实我只是粗鲁，比如我现在从篱笆上抽了一根胳膊粗的洋槐树棍冲过去，并不是真地想打人。

我只是想吓唬他一下。

但后来我狠狠地打了他一下，因为这个穿棉袄的秃子不是个人。

是只癞雕。

癞雕没有被这一棍打懵，这家伙才真的邪性，它放下大鱼，向我扑过来。

村里人说癞雕最喜欢啄食人的眼珠，因为眼珠鲜嫩，口味还有点咸——它们有吃咸的怪癖。

我以为它这回要尝到鲜了，可是我的舅舅葛怀强扔下水桶赶了过来。

他捉住了这只癞雕。

养在家里。

我的舅舅是个喜欢琢磨事的人，他天天观察这只癞雕，心里有了主意。

癞雕和老鹰不同，它捕捉猎物不会从天空俯冲，而是先慢慢落下，栖在什么东西上。

如果这时猎物还没有意识到危险，那么对不起了，它就会扑过去下死手。

到了晚年，我舅舅住院的时候，他才对我说了这话。

那时我一心想吃这只癞雕，可是有一天，栏里的癞雕没有了。

我舅舅剔着牙对我说："癞雕肉根本不好吃。"他咂咂牙花好像吐出一根肉丝又对我说："太柴。"

此后我的舅舅不让我靠近鱼塘，我只能在半里之外替他放哨。

他的把戏其实我一肚子数：

他在鱼塘边打了一圈木桩，木桩上扣着一根橡皮绳。

"癞雕一落上去，就会一个倒栽葱，这畜生胆子其实很小，抓住了绳就不敢松。"

"很容易就捉到了。"

刚才我说过，这时我舅舅已经生病住院了，他跟我讲了埋藏在他心里半辈子的秘密。

可是他当时并没有捉过一只癞雕给我饱口腹。

"癞雕肉是不是真的很柴？"

舅舅昏迷的时候，我这样问他。

他说："我不知道。"

他说他不知道，他不是吃过一次吗？

想一想，我叹了一口气。

用橡皮绳是最容易捉到癞雕的一种方法，我舅舅不让我靠近鱼塘，是怕我发现这个秘密。

最初的那只癞雕，他肯定放生了。

过 去

我的过去就像我的现在。过去，我找不适合自己的工作；现在，我失去了适合自己的工作。

失去适合自己的工作我已经不害怕了，因为，我永远记得我找不到工作时的一件事。

那个时候，我都结婚了，我都有儿子了。

儿子还不会说话，但他会朝我笑。

我妻子说，你抱着儿子出去转转吧，一个人闷在家里，别憋出啥毛病。

我当时住在乡下，离开了曾经教书的小学，活得泼烦，说真的，就这么一个巴掌大的乡村，出去，又能到哪里呢？

还去我的堂弟那里吧。

堂弟跟我上到初中，就从学校下来了，在社会上东游西荡，没混出啥名堂，只好又回来，开了个修车的铺子。

生意不是很好，但至少，比我现在无所事事好得多了吧。

堂弟是个话痨，随便得到一个话题，都能叨叨上半天，我很烦他，可是村子里的年轻人，好像只有他一个人在家待着，我能去的，好像也只有他这里了。

我抱着儿子坐在门槛上，看他给人焊一个车上的零件。

堂弟的门面是自己砌的一个小房子，像蜗牛的壳，靠在一条马路边，过了马路，就是我曾经写到过的盐河。盐河曾经很繁华，明清时行走过盐贩子们的走私船。可是现在呢，它瘦了小了，为了两岸人交通的方便，无端地用泥土堆成一条又一条窄小的坝阻碍了水的流通。水一不流通，草就疯长。草一疯长，水里的鱼呀鳖呀就没有了生存的氧气。于是水就越发地黑臭。

我的堂弟好像闻不到这条河散发的恶臭，有一个人在路边站定，很有兴致地跟他扯着淡。

堂弟放下手中的活计，走到那个人身边。

和我想像的一样，堂弟这里，其实更无聊。

抱起儿子，我打算回家。

这个时候,"日"的一声,一辆三轮车停了过来。

这是一种卖蜂窝煤的车子,一摞摞乌黑发亮的煤球整整齐齐地排列在车厢里。

跳下一个满脸煤炭的小伙子。

"我的车胎坏了。"他不满地抬起脚,狠狠地踹了一下那只瘪了的轮胎。

"稍等一下呀。"

我的堂弟还在跟路上的那个人"涮油嘴"(我们这里的人把扯淡叫做"涮油嘴"),好像并不急着做成这笔成意。

这个卖蜂窝煤的好像跟我的堂弟很熟,他骂了一句"日",自己取过千斤顶,固定好车子,动手卸轮胎。

没找到我堂弟的工具,他摸出钥匙,开了自己的工具箱。

这是个很毛糙的人,关工具箱的时候,有什么东西飘了出来——像一只蝙蝠,伏在一个阴暗的角落。

揉得已经松软,又被煤炭染得近乎漆黑,但我一眼就分辨出来,那是一张五十元的纸币。

就那么安安静静地蜷伏在那里,像一只蝙蝠。

儿子还不太会走路,但他不安分地挪动着小脚,先扶着我的手,然后移到一个凳子边,沿着凳子,他又摸到的三轮车。

卖蜂窝煤的发现了我儿子,他做了个鬼脸,用手中的工具在地上画了一下:割绊腿绳。

这是我们乡下的一个风俗,认为送子奶奶会把小孩子的双脚扣住,要学会走路,得先割掉这根看不见的绊腿绳。

我去抱儿子,脚轻轻地踩了一下那张钱。

虽然隔着鞋,但是我的脚心还是准确地感知道它的柔软。

我不知道我的鞋底粘着一块口香糖。

我抱儿子坐下时，那个卖蜂窝煤的惊讶地说："你的鞋底粘着一张钱。"

"是吗，"我抠出那张纸，在手里捋整齐，对他说，"这其实是你的。"

"我的？"卖蜂窝煤的愣了愣，飞快地把它塞进裤子口袋。

我的堂弟心满意足地回来时，卖蜂窝煤的已经自己补好车胎，"日"的一声，又走了。

我抱起儿子，第一次觉得生活是那么美好。

一个老人

我租住的富强是个城中村，这里的农民早就没有了土地，但是他们有房子，旮旮旯旯的空隙都被违章建起来的房屋填满了。

很显然，出租这些违章的房屋，是他们一笔不小的收入。

和我住在一条巷子里的，有在厕所里贴专治牛皮癣广告的"老军医"，也有从更远的农村进城来收破烂的中年人、在流水线上班的年轻姑娘、不上班但是却总有闲钱泡在网吧里的小伙子。

我呢，是因为孩子考取了附近的一所中学，算是陪读吧。

我喜欢这种热闹的地方，世俗，但是充满烟火气。

出了我租住的小屋，向北，是一条河，河边长满了杨树，这些树原来是附近农民栽来卖钱的，这些树快成材的时候，来了一些推销太阳能的，挨家挨户地游说，那时杨树还很值钱，这些推销太阳能的人很会做生意，不仅一律赊账，还扬言哪天杨树不值钱了，卖不出去了，填到自家灶膛里当柴烧了，他们才会来收钱。

家家都装了太阳能。

到了第二年，杨树的价格竟真的开始跌了，最后呢，果然贱得可以当作柴来烧了。

真当柴烧，这些长着的树就没人要了，再后来，市政府在这里搞绿化，想砍掉这些树，虽然不值钱，可是村民们不答应，要很高的赔偿，两下搭不成协议，只好留下来继续长。

绿化带做成了，双方看看这些树，看看绿化带，都很满意。

渐渐地，这里就成了个热闹的场所，老年人白天在这里唱戏打牌，年轻人晚上在这里约会等人。

满眼全是陌生人。

有一天，我租的房子附近的绿化带里伏着一个老人，我中午下班的时候发现了，以为是在绿化带里打牌听戏的老人，问妻子，妻子说不是的，她是从前面的一条巷子里来的，走着走着，就伏下来了。

也有人扶起过她，可是走两步，她又伏下来了。

哦。

她一直伏在那里。

周围是几个看热闹的人，离得不是太近，也不是很远。

有个女的也是陪读的，跟我们比较熟，看见我，跟我打趣：你老舅奶奶来了，还不搀她进家？

我笑笑。

这个女人，我不太喜欢，她的老公很年轻的时候就死了，据说是发现了她一直跟初恋的男人有来往，一时气不愤，喝农药死的。

每次到我家里和妻子唠嗑，我都没有好脸色。

这个女人，孩子去学校的时候，她就在屋里上网，我每次路过她的门口，总听见QQ嘀嘀嘀嘀地响，后来，还在几家宾馆门前看到她的身影，可能，她算个暗娼吧。

我妻子问老年人：老奶奶，你多大了？

老奶奶趴在地上，伸出手，比画了个八。

八十。

你记得你家是哪里的吗？

你儿子或女儿的电话你记得吗？

我妻子端过来一碗饭，要给那个老奶奶吃。

"老军医"看见了，呵斥道：饭那么硬，这么大年纪的人能嚼得动？

待我妻子端回来，他才小声说：你知道她有没有传染病？你的碗给她用过再拿回来用，能放心？

看到桌上有给小孩买的蛋糕，他拿过去一块，顺便，又拿走一瓶矿泉水。

老奶奶没吃，她可能根本想不起来饿了。

好像还很兴奋，虽然伏在地上，别人问她话，她嘴里嘘嘘地答着。

也听不明白她说的是什么。

那个女人是打过110的，现在都半天了，110终于探头探脑地来了。

从车上下来两个年轻的警察，一看地上的老奶奶，笑了。

大娘，您认得我吧？

我们俩送您回家——以后，可千万别瞎跑了，儿女们再不孝顺，可那好歹是个家呀。

大家都袖着手，看警察把老人往车里摁。

这时老人竟爆发出强大的力量，瘦瘦的胳膊撑住车门不肯往里钻。

我不要那个家了，我老伴死了，我想重找个老伴，重新生几个孩子，我要好好教育他们，让他们孝顺我。

老人嘘嘘地说着。

很显然，这个老人神智有点问题。

好吧好吧，咱回去看看哪个老头闲着，咱们替你找。

两个警察一边开着玩笑哄这个老人，一边关好车门，一溜烟走了。

那个女人看着看着，脸上忽然有了泪。

她踢了身边的"老军医"一脚：冤孽呀，我忽然想明白了，这些年我作践自己，死人可能并不解恨啦。

我要是过好了，他才高兴。

很快，她和"老军医"结了婚。

"老军医"，就是她当年的初恋情人。

推　理

一个朋友请杨海林吃饭。

吃完饭后，杨海林的女朋友苏珊说，这个人你还是离他远一点，离得远一点，你们做朋友的时间还可能长一些。

这个朋友对我蛮好的。虽然酒喝得有点高，但杨海林的思维还是很清晰的，他不明白苏珊只和他的这个朋友见了一面，怎么就给她留下这么坏的印象呢？

事实上，杨海林和这个苏珊见面的次数也不多，他们之前是在QQ里认识的，也只是聊过三五回，而且因为是刚刚聊天的缘故，杨海林说的话有时免不了半真半假。

可是苏珊竟然把个杨海林猜了个底儿掉，他的性格、他的工作、他的苦恼和喜悦，苏珊说得一丝儿不差。

也就是这个原因，杨海林觉得他和苏珊也许就是传说中的心有灵犀。

其实也不是心有灵犀，苏珊嘿嘿一笑，我从小就喜欢看《福尔摩斯探案全集》，推理的本领比常人多一点罢了。

就比如你的这个朋友，他和你在一起时哪怕是无意识的某一个动作或表情，我也能看透他的心理。

你朋友跟你说话的时候腿在轻轻摇晃，这说明他潜意识里是想转移你的注意力——他心虚，怕你听出话里掺的水分。

他跟你喝酒时每次都要端着酒杯站起来，他和你是坐在一起的，站着喝酒比坐着喝酒麻烦得多，所以你不要以为人家是尊重你，人家的内心是想和你保持一定的距离。

苏珊回忆了杨海林和这个朋友在酒桌上的每一个动作每一句话，然后指出这些动作和话里的潜意识。

你还别说，细想想，杨海林觉得苏珊分析得很有道理。

嘴上承认，心里并不以为然：杨海林和这个朋友认识的时间远比和苏珊认识的时间长。

他的那些无意识的举动，也许只是无意识的举动罢了。

算了，现在我说了你也不相信的。苏珊说，我只是提前给你一个心理暗示，真的和这个朋友发生矛盾时你心里就会释然一些。

杨海林是一家小杂志的编辑，他的朋友都是一些文化人。

像杨海林这样的编辑，他能交到什么样的文人哟，文化人没文化，有文化的文化人勾心斗角的现象是很多的。

好在杨海林交的朋友并不多。

比较纯粹一点。

但是这个朋友交了不少当地的文化人朋友，他所能看到的现象就比较多，私底下，跟杨海林发了很多牢骚。

因为是私下里的聊天，因为要安抚朋友，杨海林，跟着附和了这个朋友的一些观点。

这个朋友喜欢写微博，好了，人家把杨海林说的话引申了一下，还加了一个看了眼晕的标题发到网上去了。

证明杨海林同志跟他是站在一边的。

跟了一千多个贴子。

杨海林只是笑笑，这一千多个贴子，人家都是用了假名骂杨海林的。

我说过杨海林是个编辑，他这样的工作，可以拒绝一些人做朋友，但是不能公开地树一些人做敌人吧！

杨海林的境界并不高，朋友把他逼到与许多人为敌的地步他倒也能坦然面对。

因为苏珊在很早以前就预测到这样的结果。

又有人请杨海林吃饭，杨海林，还带着苏珊去了。

吃过饭，苏珊，又发表了很多意见，建议和这个人不要深交。

不冷不热地在QQ里和这个朋友聊了不到一个月，有一次在商场见到了这个朋友。

因为苏珊不在身边，杨海林，微笑着伸出了手。

可是那个朋友一愣，问，你是谁？

我是杨海林。

杨海林是谁？

杨海林只好尴尬地笑笑，回答说对不起，我认错人了。

那时苏珊在外地出差，杨海林给苏珊打电话。

杨海林说你的推理很正确，他第一次请我吃饭，跟我说话时眼睛总是瞟着女朋友。

他的女朋友可能业余搞文学。

他那时请我吃饭，纯粹是为了向女朋友炫耀他可以认识我。

仅此而已。

他的内心里并不愿意交我这样的朋友。

杨海林在电话里絮絮叨叨地跟苏珊说了半天。

苏珊问，请问你是谁？

苏珊出差也才半个月呀，怎么就听不出杨海林的声音了？

杨海林一愣，只好尴尬地笑笑，回答说对不起，我打错电话了。

做　梦

杨海林先生做着一家杂志的编辑。

这并不是一个值得炫耀的职业。

但和杨海林生活在同一座城市也从事着写作的一些人都觉得他交了狗屎运：可以和别的杂志编辑交换着发稿子，可以和投稿的女作者暧昧一下。

很多这样想着的人因为这两条假想的罪证漠视和敌视杨海林先生。

杨海林先生编的杂志是一本专门发表小小说的杂志,为了证明自己的清白,也是为了向这些忌恨他的人示好,杨海林先生放弃了写了十多年的小小说,改行做了童话作家——小小说杂志编辑和童话杂志编辑没有多少可以交换的稿子了吧?

很不幸的是杨海林先生的童话创作也算比较好,不仅发了稿子,有时还能接到出版社出书的活。

好像不好说人家交换稿子的事了。

那么就说他和女作者暧昧吧。

我们都不是高尚的人,我们不妨庸俗一下,假想这个杨海林先生真的有了情人。

这个情人,可不是普通的作者——我们可以再把这个杨海林的形象往深里刻画一下——杨海林还是个文学青年的时候,就在一个笔会上认识了她。

叫颜颜。

认识之后,才知道他们曾经在同一所高中念过书。

那时候杨海林先生很穷,又是农村人,他打起了这个师姐的主意。

颜颜长得并不漂亮,但是请想想那时候杨海林先生的处境:能不打光棍,他就算烧高香了。

隔三差五地,杨海林会骑个破车去颜颜家交流文学。

有一次,不知怎么地谈到了紫砂壶,杨海林先生谈到了清朝做紫砂壶的名家时大彬。

颜颜说她家里有一把时大彬的紫砂壶。

里面腌着咸菜。

杨海林想得到这把壶，颜颜也对杨海林有点意思，她把紫砂壶小心地收好，说是她妈留给她的陪嫁。

因为多种原因吧，颜颜最后嫁给了一个小学校长的儿子。

做了编辑好几年后，颜颜给了杨海林一封信。

两个人相隔很远了。

现在对方都已经成家，有了孩子。

初恋时觉得对方不理想，可是如果做起情人来，都觉得对方很美好。

就像那些人想像的那样，两个人，做了情人。

杨海林睡觉喜欢做梦，有时，还会在梦中说话，老徐（杨海林的妻子）要是没睡，听到杨海林说梦话，喜欢跟话，一跟，杨海林还能准确地接下去。

要命的是杨海林醒来后并不知道谈话的内容。

有了情人，杨海林先生不敢睡觉了。

他害怕做梦，害怕在梦中跟老徐说话。

梦中的人是不会说谎的，因为他并不知道跟他说话的人是谁。

要是老徐问：你有情人吗？

睡梦中的杨海林先生肯定老老实实——有时也许是炫耀——地说：有。

叫什么名字？

颜颜。

怎么勾到手的？

杨海林先生准会把我前面写的重新描述一遍——不排除绘声绘

色除添油加醋的可能。

这不就有好戏看了？

杨海林先生的大耳垂，还不被老徐揪肿？

原来搞写作，杨海林先生从不加夜班——他住过院，对生命珍惜得不得了，怕过劳死。

可是现在呢，没有灵感也坐在那里干熬。

在家里上 QQ 也是不敢的，那个颜颜在他的 QQ 里待着呢，说不准什么时候就会给他发个笑脸。

一直要熬到老徐在床上打起呼噜。

不久，真的生了病。

医生做手术前给他做了全麻。

做完手术，躺在床上还呼呼大睡。

这个时候，是不能睡着的。

医生提醒老徐，想尽一切办法让杨海林先生清醒。

老徐去揪杨海林的耳朵。

别动，我正在做梦呢。

杨海林说。

你梦见谁了？

杨海林梦见的是颜颜。

可是睡梦中的杨海林一本正经地说梦见了严主编。

不是请假了吗，怎么梦见严主编了？

杨海林在梦中正和颜颜在公园里暧昧，可是杨海林对老徐说的话是这样的：稿子没人编，严主编很着急。

醒来后老徐很感动，你这个痴子，生病还想着工作的事。

啊？

呵呵，这下好了，这个杨海林，在梦中可以说谎了。

杨海林的病很快好起来了。

出院后，杨海林给颜颜发了个短信：有机会你来玩吧，我准备好啦。

可是颜颜呵呵地笑，说我本来一直以为你是个好人，所以这么多年一直挂念你。

我本来真的准备去看你。

现在，不必啦。

鱼　拓

冷寒擅鱼拓。

现在的人作鱼拓，一般都喜欢用丙烯颜料，只要略懂一点调色的技巧，把颜料刷到鱼体上，再用皮纸轻轻地摁几下，做一张自己和别人都满意的鱼拓是很简单的。

冷寒却不取这样的巧，他用的是老式的拓法：将鱼洗去黏液固定，然后覆上生宣，用拓包蘸浓墨一点一点地拓出来。因为鱼体有弹性而肌理又浅，宣纸在那样的状态下很容易破裂，所以传统方法做的鱼拓都是"蝉翼拓"。

浅浅的墨痕，像歉收年成摊在地上晾晒的稻谷，一不小心就会被偷嘴的麻雀啄食尽净。

而冷寒用的是响拓法，反反复复，直到墨色黑亮如漆，而纸不破不裂。

鱼形虽然粗伧，却拙得有趣，暗藏大巧。

这最多算是把手艺的门槛做精了，冷寒，人家把鱼拓当作艺术呢。

他认为鱼拓的艺术性体现在鱼眼上。

鱼眼很软，是拓不出来的，一般会留下空白。

得用笔补上去。

只是一个圆点。

可冷寒的技术也就体现在这个圆点上，好像也就那么轻轻一笔，那鱼拓呼啦啦一下子就活了，有了表情，喜怒哀乐悲愁惊。

把个鱼拓做到这地步，也算是前无古人了。

冷寒做鱼拓只是业余爱好，他在市群艺馆上班，写淮海戏。剧本写了不少，上演的不多，能获奖的更少。

是个不得意的人。

他的办公室门口对着的就是一个水产市场，累了的时候，就会去转转。

卖水产的跟他很熟，有了看中的鱼，他就会拎回来，拓完了再还给人家。

前后不超过半小时。

有时钓鱼协会的人也找他，那都是钓着了值得炫耀的鱼，想拓下来做个纪念。

一般，冷寒是不愿意给钓鱼协会的人做鱼拓的。

似乎也没原因，人嘛，一旦哪一方面有了专长，就多多少少有一点怪癖。

这是可以理解的。

钓鱼协会里能请得动冷寒做鱼拓的，只有一个吴向明。

四十多岁的一个李逵式的人物，平时的营生就是在巷口出一辆车卖卤菜。

冷寒，喜欢吃他卤的猪头。

内心里，吴向明不喜欢冷寒的做派——就算你是门艺术，可藏着掖着总不是个好事，就像他的卤猪头，不给别人吃，人家能知道个好？

心里有了这样的想法，有一回，他提了钓鱼协会别人的鱼上门，请冷寒做鱼拓。

冷寒不知道，果然拓出来了。

一开始是跟这个朋友说好了的：帮忙的事天地地知，这张鱼拓决不能给第三个人看到。

可还是有第三个人知道了，吴向明很奇怪，请他向冷寒讨鱼拓的这个朋友跟他一起玩了几十年，他知道人家会恪守诺言的。

自己也不曾说出去呀。

管他呢，吴向明提着第二个朋友的鱼去请冷寒做鱼拓了。

拓得很精心，鱼眼补得仍然传神。

接下来，就刹不住了，很多人提着鱼上门了。

吴向明呢，只好硬着头提过鱼再上冷寒的门。

有时是碍于多少年的友情，有时呢，是碍于得了人家的好处。

冷寒呢不说话，吴向明给一条鱼他就拓一张。

描一只鱼眼。

有时候吴向明心里过意不去，就找话跟冷寒搭讪：好像，您两个星期没去我摊子上买猪头肉了。

嗯。

想吃了您言语一声。

吴向明拿出个破手机,给家里的老婆打电话,让她切两斤上好的猪头肉递过来。

老婆一个人看着摊子呢,哪里走得脱?

吴向明就在电话里骂。

冷寒面部动了一下,很小声地笑:要是想吃了,我自己会去你的摊子上买的。

可是现在我不能吃油腻的东西了。

我生病啦。

冷寒说这话时只是想找个借口,吴向明也只是以为是冷寒找的借口。

可是吴向明再去找冷寒做鱼拓时,听说他真的生病了。

去医院看了三回,冷寒竟死了。

冷寒死的那天,吴向明给钓鱼协会的好多朋友打电话,让他们取出冷寒做的鱼拓。

也算是用这种方式纪念他吧。

墨色仍然黑亮如漆,墨痕仍然古拙粗伧。

可是那一笔传神的鱼眼却没了。

吴向明给那些得过鱼拓的人打电话,在他们得到的鱼拓上,鱼眼都没有了!

吴向明愣了愣,来到冷寒的灵柩前,深深地弯下腰。